KB203302

퇴사 후, 치앙마이

퇴사 후, 치앙마이

따뜻한 날씨보다 더 따뜻했던 사람들과 공간에 대한 단상들

정현지 여행 에세이

퇴사 후 무작정 치앙마이행 티켓을 끊었다

프롤로그

23년 10월 21일, 트립닷컴 앱을 켜서 무작정 치앙마이행 티켓을 끊었다. 몇 년 전부터 버킷리스트에 있던 '치앙마이 한 달 살기'. K-직장인이 해외에서 한 달 살기? 어림도 없다. 일주일 휴가 다녀오는 것도 내 연차 내고 당당히 다녀오는 건데 왜 그렇게 눈치가 보이던지. 일주일 휴가도 겨우 다녀오는 판에 한 달 휴가는 꿈도 꾸지 못했다. '회사 때려치우면 그때나 갈 수 있으려나'라는 생각으로 그저 버킷리스트로만 지 깊숙이 묻어뒀다.

"이참에 여행이나 다녀와. 시간 있을 때 다녀와야지. 언제 그렇게 길게 다녀오겠어."

여행을 좋아하는 내가 퇴사 후 여행을 바로 가지 않았던 이유는 먼저 해보고 싶은 게 있었기 때문이다. 목적 없는 배움에 대한 갈망이다. 그동안 경험해 보고 싶어도 '돈을 아껴야 해서', '생산성 없는 일로 치부해서' 하지 않은 일들이 대부분이었다. 책을 읽어도 에세이 보다는 자기 계발, 재테크, 경제 관련 서적만 읽었다. 퇴근 후 평일 저녁에는 부동산 강의를 듣고 주말에는 임장을 다녔다. '미래'의 나를 위한 일만 하고 지금 여기 머무는 '현재'의 나는 철저히 무시했다. 무슨 일을 하든 항상 효율을 따졌다.

'놀러 갈 시간에 책 한 장이라도 읽는 게 낫지.'
'힘들게 일해서 번 돈인데 필요 없는 곳에 쓸 거야? 아껴서 주식 1주라도 더 사.'

끊임없이 나를 채찍질했다. 그래서 더 마음이 아팠던 걸까. 퇴사하고 가장 먼저 억눌러 온 배움에 대한 갈망부터 채우고 싶었다. 버킷리스트로만 몇 년째 묵혀둔 것들을 하나씩 해보기 시작했다. 펜 드로잉을 시작으로, 목공 배워서 직접 원하는 가구 만들기, 야외에서 요가하기, 핸드드립 커피 내리는 법 배우기, 정동진에 있는 영화 전문 서점 겸 북스테이에 가서 혼자 하룻밤 자고 오기. 그렇게 퇴사 후 세 달간은 다른 건 생각하지 않고 배움의 즐거움을 느끼는 데에만 집중했다. 갈망을 하나씩 채우고 나니 묻어둔 욕망이 스멀스멀 올라오기 시작했다.

'아, 치앙마이 한 달 살기 하러 가고 싶다.'

저렴한 물가, 프랜차이즈 상점 대신 작지만 개성 넘치는 상점과 카페, 맛있는 커피, 다양한 비건 음식과 값싼 과일, 아름다운 사원, 로컬 분위기를 느낄 수 있는 시장, 작은 헌책방, 초록 초록한 자연 풍경, 요가를 마음껏 할 수 있는 것까지. 치앙마이는 요가의 도시로도 유명하다. 요가를 하면서 받은 위로 덕에 끝이 보이지 않는 터널 같았던 6년간의 회사 생활도 버틸 수 있었다. 그만큼 삶에서 큰 비중을 차지하기에 요가의 도시에서 한 달쯤 살아보고 싶었다.

소소한 일상의 행복을 찾는 사람에게 어울리는 도시. 평화로운 삶을 동경하게 만드는 매력을 가진 도시. 예술의 도시. 이런 도시에서 내가 원하는 일상을 상상해 봤다.

알람 없이 새소리를 듣고 잠에서 깬다. 아침 요가 수련을 마치고 간단하게 조식을 먹은 뒤, 근처 카페로 가 그림을 그리거나 노트와 펜을 꺼내 기록한다. 슬슬 배가 고파지면 근처에 있는 식당으로 가서 새로운 음식에 도전해 본다. 맛집 대신 발길 가는 대로 가면 더 큰 설렘을 느낄 수 있지 않을까. 배를 팡팡 두드리며 듣고 싶은 수업을 들으러 간다. 쿠킹 클래스, 북 바인딩, 라탄 공예, 도자기 등 저렴하게 배울 수 있는 클래스가 많다. 날이 어둑어둑해질 즈음, 늦지 않게 숙소로 돌아와 개운하게 씻고 포근한 침대에 엎드려 오늘 하루 느낀 것들에 대해 기록한다.

내가 원하는 치앙마이에서의 일상. 무엇을 먹을까. 어딜 가볼까. 뭘 해볼까. 매일매일 행복한 고민을 하면서 말이다. 특별하고 거창한 걸 하기보다는 발길이 닿는 대로 여유롭게.

2023년 12월

정현지

목차

출국

오전 11시 1분. 인천공항 가는 리무진 버스 안. 10년 전 3박 4일 오사카 여행을 다녀온 이후로 처음으로 혼자 떠나는 해외여행이다. 편하게 다녀오고 싶어서 일부러 계획은 '거의' 세우지 않았다. 마음의 평온을 위해 구글 맵에 가보고 싶은 곳 정도만 저장해뒀다. 많은 걸 보고, 해야 한다는 강박은 버리고 마음 가는 대로 지내다 올 생각이다. 엄마한테 전화가 온다. 혼자 가는 게 걱정이 되는지 어제부터 쉴 새 없이 연락이 온다. 여권이랑 충전기 빠짐없이 다 챙겼냐며. 사랑이 담긴 걱정. 잘 챙겼으니 걱정하지 말라고 안심시킨 뒤 전화를 끊었다. 공항에 도착하자마자 할 일이 많다. 무겁고 두툼한 롱패딩부터 맡기고 태국 돈 환전한 거 찾기. 현지에서 환전할 비상용 5만 원권 뽑기.

17박 18일간 동행할 무인양품 A6 6mm 가로줄 노트 3권과 볼펜 두 자루도 잊지 않고 챙겼다. 저가 항

공이라 기내에 모니터가 없다는 소식을 급하게 듣고 넷플릭스에 찜해둔 영상들을 내려받았다. '결혼 이야기', '플로리다 프로젝트', '신경 끄기의 기술', '아기 코끼리 노부부'. 이번 여행은 일부러 책을 가져오지 않았다. 읽기는 잠시 멈추고 기록에 더 집중하고 싶다. 여행을 하며 느끼는 기분과 감정, 생각을 더 세세히 기록해서 여행을 오랫동안 기억하고 싶은 마음.

오후 5시 31분. 비행기 안으로 노을이 진다. 창문 밖으로 보이는 몽글몽글한 구름과 주황빛 노을. 같은 풍경도 어디에서 보는지에 따라 다르게 보인다. 발리에서 요가를 하며 줄에 거꾸로 매달려 본 노을처럼. 빛과 그림자가 비행기 창문 모양으로 기내에 붉은빛 창문을 만들어낸다. 아름답다.

계획을 세우지 않아 더 미궁인 이번 여행. 새로운 경험을 하면서 평소에 느끼기 힘든 다채로운 감정을 느끼고 싶다. 과거도, 미래도 아닌, 지금, 이 순간에 머물며. 여행을 하면서 느낀 감정의 기록을 차곡차곡 모아 여행이 끝나면 한 권의 에세이를 써보고 싶다.

오후 9시 32분. 이륙한 지 4시간 반이 지났다. 갑자기 '스트레칭 타임'이라며 승무원분들이 통로 가운데로 걸어 나온다. 열심히 따라 하는 사람들의 뒤통수가 이렇게 귀여울 일인지. 다들 나처럼 좀이 쑤셨나 보다. 스트레칭을 하고 싶어도 옆 사람과 간격이 너무 좁아서 눈치가 보였는데. 멍석을 깔아주니 좋구나. 깍지 낀 손을 힘차게 천장 위로 들어 올려 오른쪽 왼쪽 쭉쭉 뻗었다.

이제 도착까지 남은 시간은 1시간. 심심해서 앞에 꽂혀 있는 잡지를 펼쳤다. 기내에서 파는 신라면, 오징어 짬뽕, 튀김우동 작은 게 5천 원. 이게 말로만 듣던 기내 물가인가. '하늘 위에서 먹는 라면'이라고 생각하면 합리적인 가격인 것 같기도 하고. 가격이 무색하게 비행기 안은 라면 냄새로 가득하다.

QR Scan, okay?

공항택시

6시간의 비행을 마치고 도착한 치앙마이 국제공항. 저녁 8시 반. 비행기에서 내리기 전에 한국에서 미리 구매한 esim이 잘 작동되나 확인한다. 처음 사용해보는 거라 조마조마. 다행히 문제없이 잘 터진다. 잘 도착했는지 걱정하고 있을 엄마한테 연락부터 남기고, 줄줄이 나오는 골프 가방 속에서 작은 기내용 캐리어를 찾아 부랴부랴 택시를 타러 나갔다.

나오자마자 입구에 'TAXI METER'라는 간판이 보인다. 공항 택시를 타는 곳. 간판 아래 큼지막하게 한국어로 '여기서 택시 표를 구하세요'라고 적혀 있다. 아주머니 네 분이 직원과 한창 이야기하고 계시길래 어떻게 하면 되는건지 뒤에서 열심히 귀동냥을 한다. 시내까지 1인 150밧. 그랩이나 볼트를 부르면 50밧 정도 저렴하지만, 짐도 있고 기다리기엔 비행으로 지쳐버려 그냥 공항 택시를 이용하기로 한다.

직원분께 숙소 주소를 말씀드리니 목적지와 지불해야 할 금액이 적힌 종이 한 장을 건네주며 택시 타는 입구까지 앞으로 쭉 걸어가라고 안내해 준다. 불빛 외에는 아무것도 보이지 않는 어두컴컴한 밤. 얼른 치앙마이 분위기를 느껴보고 싶은데 아직은 어색하기만 하다. 처음으로 QR 코드를 스캔해서 택시비를 결제해 보기로 했다. "QR Scan, okay?"라고 물으니 코팅된 QR 코드를 보여주시는 기사님. 과연 잘 될까. 두근두근. "Okay. Thank you." 라는 말을 듣고 안심한다. 처음은 왜 항상 이렇게 떨리는 건지.

TAXI METER
TAXI METER
여기서 택시표를 구하세요
나중에 지불 150฿ 도심
TAXI
150฿ Per Car
To Down Town

치앙마이에서의 첫날밤

Rena House

"사와디카(안녕하세요). 1 night, right?"이라고 물으며 환한 미소로 반겨주시는 사장님. 여권을 복사하고 방으로 들어가려 하는데 일요일에만 여는 '선데이 마켓'이 근처에 있다며 갑자기 길을 안내해 주신다.

"Turn right and go straight. You can see the street."

마음은 정말 감사했지만 눈이 이미 반쯤 감겨 있는 초췌한 상태. 아쉽지만 내일을 위해 씻고 푹 쉬기로 했다. 2개의 트윈침대와 침대 위에는 큰 수건, 작은 수건이 1장씩 놓여 있다. 시원하게 냉장고 안에 넣어 둔 물 2병과 옷장에 옷걸이까지 넉넉하게 걸려 있다. 작은 테이블과 의자, 빨래 건조대, 세면대 아래와 화장실 문 앞 가지런히 놓인 발수건까지. 사장님의 섬세함에 기분 좋게 잠든 치앙마이에서의 첫날밤.

RENA
HOUSE
062-9625564

첫 아침 식사

Chor Potchana

알람을 듣기도 전에 새소리로 눈을 떠 시계를 보니 새벽 6시 30분. 일어난 김에 일찍 아침을 먹으러 나갈 채비를 했다. 구글 맵을 켜, 숙소 근처 평점이 좋은 음식점을 물색하다가 걸어서 1분 거리에 있는 식당에 가보기로 했다. 입구부터 현지인만 올 것 같은 노포 분위기의 식당. 머리에 두건을 쓴 채 분주하게 음식 준비를 하고 계시는 아주머니 세 분과 2인석 테이블에 혼자 앉아 식사를 하고 계시는 아저씨.

슬그머니 들어가 돼지고기 덮밥과 딤섬 4개를 주문했다. 메뉴 2개에 2,500원도 안 하는 저렴한 가격. 여행하는 동안 걱정 없이 마음껏 먹을 수 있겠다. 고수가 데코처럼 올라간 딤섬과 정체불명의 튀김 부스러기가 작은 종지에 담겨 나왔다. 속이 꽉 찬 딤섬, 달짝지근한 갈색 소스가 듬뿍 올라간 바삭한 돼지고기 덮밥에 뜨끈한 국물까지. 성공적인 첫 아침 식사.

향기가 난다. 커피 고수의 향기가

TWENTY MAR

커피 맛집이라고 구글 리뷰에 극찬이 가득한 곳. 이름도 독특한 TWENTY MAR. 외관에 붙어 있는 포스터부터 '힙'합이 느껴진다. 문을 열고 안으로 들어가니 더 힙한 내부와 사장님 두 분이 반겨주신다. 허리 아래까지 오는 긴 장발 머리의 남자 사장님과 단발머리의 여자 사장님. 남자 사장님은 말하지 않아도 커피 장인의 냄새가 솔솔. 장인이 내려주는 맛있는 커피를 맛보고 싶어 커피 추천을 부탁드렸다. "Milk or not?" 세심하게 커피 취향을 먼저 물어본다. 사장님의 남다른 센스. no milk로 부탁드리니 'Special Americano'를 추천해 주신다.

추천받은 스페셜 커피를 주문하고 계산대 바로 맞은편 의자에 앉았다. 주문한 지 10분은 더 지났을까. 긴 장발 머리의 사장님이 앞에서 한 땀 한 땀 정성스럽게 커피를 만들고 계신다. 기다리다 지칠 때쯤, 여자 사장님이 투명한 컵에 물을 먼저 내어주고 뒤이어 나온 커피. 커피 장인이 15분간 만든 아메리카노에서는 과연 무슨 맛이 날까. 잔뜩 기대하며 천천히 한 모금 마셨다. 아. 치앙마이 커피는 대부분 산미가 강하다는 걸 잊고 있었다. 고소함은 찾아볼 수 없는, 산미가 강하게 느껴지는 커피. 산미 있는 커피는 입에 맞지 않아서 평소에는 조금 마시다가 마는데 이날만큼은 열심히 마실 수밖에 없었다. 앉은 곳에서 고개를 들면 사장님이 시야에 들어왔기 때문이다. '나는 맛을 느끼지 못하는 사람이다.' 자기암시를 하면서 벌컥벌컥 들이켰다. 목이 말라서 다행이다.

TWENTY MAR

요가 선생님 로즈와의 첫 만남

라일라 요가

지금 묶고 있는 숙소에서 5분 거리에 있는 라일라 요가. 마침 지나가는 길에 있길래 예약하려고 갔는데 문이 굳게 닫혀 있다. 아쉬운대로 문 앞에 붙어 있는 시간표만 찍고 가려는 순간, 안에서 여자 한 분이 황급히 달려 나온다. 미안하다며 환하게 웃으면서 들어오라고 문을 열어준다. 태국인이 아닌 서양인 여자 사장님이 운영하는 곳이라고 들었는데 아마도 사장님인 것 같다. 오늘 저녁 6시 Yin Yoga 수업을 바로 예약하고 곧 보자고 인사했다.

"Nice to meet you, Henny! See you soon."

환한 미소와 밝은 에너지로 반갑게 맞이해주는 사장님 로즈의 친절함에 앞으로 이곳에서의 수련이 기대가 된다.

Schedule :)
STUDIO LAYLA
YOGA CLASSES
11TH - 17TH DECEMBER
MONDAY 10AM GENTLE FLOW
6PM YANG TO YIN
TUESDAY 10AM HATHA YOGA
6PM YIN YOGA
WEDNESDAY CLOSED
THURSDAY 10AM VINYASA FLOW
6PM GENTLE FLOW
FRIDAY 10AM HATHA YOGA
6PM YIN INSPIRED DEEP STRETCH
SATURDAY 10AM VINYASA FLOW
SUNDAY 10AM HATHA YOGA
COME IN FOR BOOKING
OR DM US ON INSTAGRAM
OR EMAIL

Listen your body. Trust your body.

첫 요가 수업

첫 수업이라 긴장이 됐는지 서둘러 나왔더니 15분 일찍 요가원에 도착했다. 1층 카운터에서 수업 예약을 확인하고 2층으로 올라가면 된다고 안내해 주는 로즈. 2층으로 올라가는 계단 앞에 이미 도착한 사람들의 신발이 놓여 있다. 그 옆에 가지런히 신발을 벗고 흰색 커튼을 젖히고 올라간다. 계단 한쪽에 설치해 둔 동글동글 작고 귀여운 조명이 어두운 계단을 밝혀 주고 있다. 공간을 가득 채운 인센스 향까지. 수련하는 공간을 보기도 전에 이미 분위기에 매료됐다.

도착하니 서양인 여자 선생님과 동양인 여자분께서 대화를 나누고 있다. 눈 인사를 하고, 계단 옆 두 번째 줄에 조용히 자리를 잡고 앉았다. 환한 스튜디오 조명은 끈 채 선생님이 앉아 계시는 앞쪽에만 은은한 무드등을 켜 두었다. 뒤로는 탁 트인 창문에 울창한 나무들이 멋지게 자리 잡고 있다. 치앙마이 특유의 따뜻하고 포근한 분위기가 묻어나는 공간. 하타 요가로 몸을 덥힌 뒤 깊게 스트레칭하는 시퀀스로 진행될 거라는 설명과 함께 수업을 시작한다.

"Close your eyes. Listen your body. Trust your body."

가부좌한 다리 위로 양 손등을 살포시 올려놓고 눈을 감는다. 들숨에 숨을 깊게 들이쉬고 날숨에 '옴' 소리를 내뱉으면서 수련을 시작한다. 지금, 이 순간 들숨과 날숨에만 집중한다. 숨은 항상 우리 곁에 있으니 언제든 돌아오라는 말. 평소에는 의식하지 않는 숨을 천천히 들이쉬고 내쉬다 보니 문득 이런 생각이 든다.

'숨 쉬는 건 황홀한 일이구나.'

편하게 숨 쉬는 일이 누군가에겐 당연하지 않을 수 있다는 생각이 들면서 숨 쉴 수 있음에 감사했다. 4년 전, 발리에서 처음으로 영어로 진행하는 요가 수업을 듣고 오랜만에 영어로 진행하는 수업을 듣는다. 같은 동작이지만 다른 언어로 설명하니 마치 처음 배우는 것처럼 새롭다. 절대 무리하지 말고, 옆 사람 의식하지 말고, 내 몸이 할 수 있는 만큼만 하라는 말 역시 빠지지 않는다. 요가를 꾸준히 하는 이유 중 하나이기도 하다. 무리해서 잘하려고 하지 않아도 괜찮으니까. 잘하지 않아도 괜찮으니까. 요가 매트 위에서만큼은 눈을 감고 편안하게 내 숨에만 집중하면 되니까.

에어컨도 없이 천장에 달린 선풍기 4대에만 의존한 채 7명이 땀을 뻘뻘 흘리며 에너지를 주고받는다. 1시간쯤 지났을까. 마지막 20분은 몸을 깊게 스트레칭하고 이완하는 시간을 가졌다. 매트 옆에 놓인 죽부인 같은 쿠션을 끌어안고 한 쪽 다리는 뒤로 돌려 상체를 앞으로 깊숙이 숙인다. 골반 쪽에 자극이 가면서 꽉 막힌 혈이 풀리는 기분. 양쪽을 번갈아 가며 풀어주고 드디어 내가 좋아하는 마지막 자세. 사바아사나, 송장 자세.

눈을 감고 누워 있으면 공간을 가득 매운 인센스 향이 더 강하게 느껴진다. 향을 피우지 않을 때보다 향을 피울 때 수련이 더 잘 되는 건 기분 탓일까. 수련에 더 몰입되는 걸 보면 향이 주는 힘이 분명히 있다. 선생님이 돌아다니면서 아로마 오일로 누워 있는 우리의 목과 눈썹 뼈 주위를 부드럽게 마사지 해준다. 눈을 감고 있어도 선생님이 곁에 왔다는 걸 알 수 있다. 시원하고 은은한 향이 콧속 깊이 흘러 들어오기에. 점점 그 향이 선명해지면 '이제 내 차례구나.' 알아챌 수 있다.

사바아사나를 마치고 처음 시작과 같이 가부좌 자세로 앉아 손을 가지런히 양 무릎 위에 올려놓는다. 들숨과 날숨에 잠시 집중한다. In front of your heart. 가슴 앞에 두 손을 모으자는 선생님의 말씀이 왠지 모르게 뭉클하다. 'heart'를 듣고 '사랑'이라는 단어가 떠올라서일까. 6시간 비행해야만 올 수 있는 먼 타지에서 오늘 처음 만난 분들과 1시간 반 동안 서로의 에너지를 나눴다. 잊으려 해도 잊을 수 없는 치앙마이에서의 첫 수련.

햄치즈 크루아상 샌드위치와 새우 딤섬

편의점 음식

요가를 마치고 숙소로 가는 길. 근처 세븐일레븐에 들러 맛있다고 유명한 크루아상 햄 치즈 샌드위치와 새우 딤섬을 먹어보려고 한다. 얼마나 맛있길래 편의점 음식을 극찬하는 걸까. 샌드위치 중에서도 일반 식빵 말고 크루아상, 새우 딤섬은 분홍색 포장지라고 친절하게 알려주는 블로그 포스팅을 보고 미리 캡처해 두었다. 계산할 때 직원분이 "warm?"하고 데워줄지 물어본다. 무조건 yes. 딤섬은 전자레인지로, 샌드위치는 무려 그릴로 따끈따끈하게 데워준다.

편의점 안이 금세 빵 굽는 고소한 냄새로 가득 찬다. 따끈할 때 얼른 먹어보고 싶어 숙소에 오자마자 빠르게 씻고 같이 사 온 창 맥주부터 들이켠다. 요가로 덥힌 몸을 맥주로 시원하게 가라앉히고 노릇노릇 구운 토스트를 한 입 베어 물었다. 그릴에 구워 살짝 그을려진 크루아상. 바삭한 소리와 함께 먹자마자 크루아상과 치즈의 고소한 풍미가 올라온다.

브런치 가게에서 돈 주고 사 먹어도 아깝지 않을 맛이다. 심지어 1,500원도 안 하는 착한 가격. 치앙마이에 살았으면 매일 먹었을 거다. 다음은 새우 딤섬. 거의 매일 샌드위치를 먹을 정도로 샌드위치 덕후인지라 딤섬은 큰 기대를 하지 않았다. 그런데 웬걸. 딤섬이 더 맛있다. 한국에서 줄 서서 먹는 딤섬 집에서 새우 딤섬을 먹었던 적이 있는데 편의점 딤섬의 압승이다. 피는 얇고 안에 통통한 새우가 가득 들어 있어 씹는 맛이 일품이다. 같이 들어 있는 간장에 찍어 먹어도 맛있고, 딤섬에 간이 이미 완벽하게 돼 있어 그냥 먹어도 맛있다. 창 맥주와도 최고의 궁합.

음식이든 옷이든 하나에 꽂히면 한 놈만 패는 버릇이 있는데. 잘 걸렸다. 떠나기 전까지 최소 몇 번은 더 사 먹지 않을까. 블로그에 친절하게 샌드위치와 딤섬 봉지 사진까지 찍어서 극찬 후기를 올려주신 분께 감사 인사를 드리고 싶다. 계신 곳이 혹시 어느 방향이실까요.

EZY
TASTE
PRODUCT OF THAILAND
LAGER BEER
Chang
CLASSIC
BEER

Note a Book

반캉왓

예술가의 마을로 유명한 반캉왓. 아기자기한 수공예품과 근처에 유명한 아디락 피자도 있어서 한국인들이 특히 많이 오는 곳이기도 하다. 내가 들린 목적은 딱 한 가지. 직접 종이와 실을 엮어서 노트를 만들어 판매하고 있는 북 바인딩 가게에 가보기 위해서다. 마을 입구를 지나 쭉 들어가다 보면 가장 안쪽에 자리잡고 있는 조그마한 상점이 보인다. 양쪽 문을 활짝 열어둔 가게 안은 이미 사람들로 바글바글하다. 가로로 긴 나무판자 위에 흰색으로 'Note a Book'이라고 쓰여 있는 간판이 눈에 띈다.

눈길을 사로잡는 수백 권의 노트들. 여권 크기의 손바닥만 한 노트부터 두 손바닥만 한 큰 노트까지. 책등의 모양도 X자, 일자, 소나무 모양으로 다양하고, 종이를 엮은 실 색상이나 노트 커버의 스타일도 가지각색이다. 가죽과 단단한 종이 재질의 커버가 눈에 띈다. 한참을 구경하다 속지를 갈아 끼울 수 있는 여권 크기의 작은 다이어리를 발견했다. 날 쳐다봤고 눈이 마주쳐 버렸다. 제발 데려가 달라고 한다. 그래. 넌 나랑 가자.

다양한 색과 재질로 만들어진 커버를 하나씩 만져 보며 고심해서 하나를 골라 계산대로 향했다. 부들부들한 재질의 갈색 가죽 커버. 다이어리를 사면 무료로 각인도 해준다는 안내 문구를 보고 각인을 부탁드렸다. 각인할 문구를 적어달라며 미리 잘라 둔 작은 모눈종이와 녹색 연필을 건네준다. 잘 알아볼 수 있도록 정성스럽게 한자 한자 적는다. H Y U N J I. 한국에서 가져온 무인양품 A6 노트는 잠시 넣어두고 오늘부터는 이 작은 노트에 기록해야겠다. 줄도 그어져 있지 않은 미색의 종이. 앞으로 어떤 이야기들로 채워지게 될까.

REFILLABLE
CUSTOM SIZE
450 THB
free add name

경기도 치앙마이시

Mahasamut Library

예술가 마을 반캉왓 안에 있는 작은 북카페. 꽤 오래돼 보이는 책들과 2인용 테이블 3개가 놓여 있는 아담한 카페 내부. 바깥 자리와 이어지도록 문을 활짝 열어 두었다. 커피를 주문할 수 있는 카운터와 크고 작은 여러 개의 테이블이 놓여 있는 널찍한 야외 좌석. 아이스 커피 한 잔을 주문하고 어디에 앉을지 두리번거리다 눈에 들어온 까만 고양이. 본능적으로 끌려가서 조용히 옆자리에 앉았다. 목에는 초록색과 빨간색 줄이 섞여 있는 리본이 달려 있다. 크리스마스라고 사장님이 달아 주셨나 보다. 사람이 왔는지도 모르고 등을 돌린 채 새근새근 잘도 잔다.

100년은 더 돼 보이는 울창한 나무 그늘에 앉아 좀 전에 북 바인딩 가게에서 산 노트를 펼친다. 옆에선 고양이가 여유롭게 자고 있고 버스킹 소리가 들린다. 목과 귀 뒤를 스치는 선선한 바람, 잔잔한 기타 선율과 BGM처럼 깔리는 사람들의 대화 소리. 이런 게 행복이지. 별거 있나. 라는 생각이 든다. 친절하게 주문을 받아준 여자 직원분이 직접 자리로 커피를 가져다주신다. 검다 못해 짙은 사약 색의 커피를 보고 순간 당황했지만, 다행히 생긴 거랑은 다르게 쓰지 않고 산미가 없는 고소한 커피였다.

여기가 서울인지 치앙마이인지 구별이 되지 않을 정도로 사방에서 한국어가 들린다. 아까부터 옆 테이블에 앉은 한국인 커플이 엔비디아 주식 이야기를 하고 있다. 6시간 비행기를 타고 올 수 있는 치앙마이의 어느 카페에서 한국어로 엔비디아 주식 이야기를 들을 줄이야. "아, 이렇게 오를 줄 알았으면 그때 더 사둘걸." "그러게. 나는 다 팔아버렸잖아." 열을 올리며 한참을 대화하던 커플이 자리를 뜨고 그 자리에 혼자 온 한국인 여성분이 앉는다. 만나기로 한 사람이 있는지 지금 여기 북 카페 안에 앉아 있다며 자신의 위치를 알린다. 경기도 다낭시처럼 치앙마이도 경기도 치앙마이시가 되어가는 걸까.

NOTE
A
BOOK

이소부부 잼아줌마

짬아줌마 바나나튀김집

바나나 튀김을 파는 곳으로 유명한 짬아줌마 바나나튀김집. 구글 지도에 영어나 태국어가 아닌 '짬아줌마 바나나튀김집'으로 검색이 되는 신기한 곳. 바나나를 튀기면 어떤 맛일까. 마침 묵고 있는 숙소에서 걸어서 8분 거리로 가까워서 아침 산책도 할 겸 9시 오픈 시간에 맞춰 가보기로 한다.

오픈 2분 전, 저 멀리 아주머니가 분주하게 반죽을 준비하고 계시는 모습이 보인다. 그 옆에는 갓 튀긴 바나나 튀김이 수북이 쌓여 있다. 가게 뒤편에 걸려 있는 흰 현수막에 파란색 매직으로 대문짝만하게 한국어 메뉴가 적혀 있다. 바나나 튀김 20밧, 믹스(바나나, 고구마) 30밧. 이소부부 잼아줌마. 일요일 휴무 안내까지. 아주머니가 한국인에게 부탁해서 적은 걸까? 그 사연이 궁금해진다.

20밧을 드리니 바나나 튀김 6개를 흰 봉투에 정성스레 담아 주신다. 바로 맛보고 싶어 그 자리에서 하나를 꺼내 들었다. 갓 튀겨서 속은 따끈따끈 겉은 바삭. 바나나 맛은 거의 안 나고 튀긴 밀가루 안에 부드러운 앙금이 들어간 빵을 먹는 것 같다. 특별한 맛은 아닌데 따뜻하고 부드러운 바나나와 바삭한 튀김의 조화 덕분인지 자꾸만 손이 간다. 엄지를 치켜세우며 너무 맛있다고 말씀드리니 "컵쿤카(감사합니다)~"라고 말하면서 환하게 웃으신다. 내가 만든 음식을 사람들이 맛있게 먹는 모습을 보며 누구보다 행복해하시는 것 같달까.

1년 내내 여름인 20도가 넘는 더운 날씨에 매일 튀김기 앞에 서있는 것만으로도 힘드실 텐데. 팔 토시에 마스크, 그 위에 검은색 손수건으로 한 번 더 얼굴을 덮고 캡 모자까지 쓰고 계신다. 기름이 튀기면 위험하니까 최대한 살이 노출되지 않도록 가리신 모양이다. 얼마나 더우실까. 말도 잘 통하지 않고 마스크를 쓰고 계셔서 얼굴이 잘 보이지 않지만, 활짝 웃고 있는 눈을 통해 아주머니의 표정을 볼 수 있었다.

하나를 더 집어서 먹고 있는데 갑자기 파란색 마커 펜을 말없이 건네주신다. 가게 앞에 세워 둔 간판에 사람들이 남기고 간 글들로 빼곡하던데. 아마 거기에 나도 발 도장을 남기고 가라고 주신 모양이다. 무슨 말을 남길까 고민하다가 여기서 느낀 두 가지를 적었다.

'진짜 맛있어요. 사장님도 너무 친절하세요!'

별다른 대화도 하지 않았고 얼굴도 잘 볼 수 없었지만, 가려도 가려지지 않는 아주머니의 밝은 에너지와 맛있게 먹는 나를 보며 흐뭇하게 웃던 반달눈. 지금처럼 밝은 모습으로 그 자리 그대로 있어 주셨으면 하는 작은 바람이 생겼다.

*일요일 휴무!
잼아줌마
바나나튀김
→ 20바트
믹스(바나나, 고구마)
→ 30바트

-4187

리사를 사랑하는 아주머니와의 합석

징짜이 마켓

오른손에는 태국 전통 코코넛 케이크, 왼손에는 치앙마이 바리스타 대회에서 1등을 한 바리스타가 내려준 커피 한 잔을 들고 붐비는 사람들 사이로 앉을 자리를 찾아다니다가 인상 좋은 태국인 아주머니와 눈이 마주쳤다. “여기 앉아. 우리 곧 갈 거야.” 어디서 왔냐고 물으시길래 한국에서 왔다고 하니 대뜸 “리사?”를 외친다. 찰떡같이 알아듣고 대답했다.

“아, 블랙핑크 리사요? 그럼요. 한국에서 엄청 유명해요.”

내 말에 일행분들을 쳐다보면서 뿌듯한 듯 함박웃음을 지으신다. 같은 태국인이 세계적으로 유명하다는 사실에 자부심이 대단하신 것 같다. 떠나기 전 다시 한번 나를 쳐다보며 외친다. “리사, 리사!” 쌍 따봉을 날리며 쿨하게 떠나시는 아주머니.

물욕 없는 나를 3번이나 오게 만든 이곳

징짜이 마켓

주말에만 여는 징짜이 마켓. 치앙마이에서 두 번의 주말을 보내면서 3번이나 간 유일한 곳. 직접 만든 질 좋은 옷부터 라탄 가방, 아기자기한 소품, 태국 전통 간식과 다양한 먹거리까지. 먹을 것도 볼 것도 넘쳐나는 이곳에 푹 빠져버렸다. 봤던 걸 보고 또 보고, 갔던 곳을 또 지나가도 왜 질리지가 않던지. 구경이 이렇게 재미난 거였구나. 평소에는 필요한 게 아니면 눈길도 잘 주지 않는 물욕 없는 사람인데 여기에서만큼은 사고 싶은 게 넘쳐났다. 한국에 가져 갈 선물도 사고, 먹어보고 싶은 길거리 음식도 먹고, 마트에 들어가 처음 보는 과자도 사보고. 어린 시절로 돌아간 것 같은 기분이다.

JING JAI
CENTRAL
CHIANG MAI
JING JAI
MARKET
CHIANG MAI
JING JAI
CENTRAL
CHIANG MAI

ถั่วพูเขียว
Butterfly pea
มะเขือส้ม
เมล็ดพันธุ์
อินทรีย์
20.-
organic seeds

Lane

치앙마이 대학생들과 함께한 2시간

The Barn Eatery & Design

치앙마이 대학생들이 지은 근사한 카페. 유리로 지어진 건물 전체를 나뭇잎이 넝쿨처럼 감싸고 있어 숲속 오두막 안에 들어온 기분이 든다. 편안하고 포근한 분위기. 시원한 아메리카노 한 잔을 주문하고 노트북을 하고 있는 남학생과 책을 읽는 여학생 사이에 자리를 잡고 앉았다. 혼자 아니면 둘이 와서 각자 가져온 아이패드나 노트북, 책을 보면서 무언가에 열중하고 있다. 키보드 소리와 잔잔한 음악 소리만 들릴 뿐.

그들 틈에 껴서 노트와 무인양품 검정 볼펜 한 자루를 꺼내, 오늘 하루 보고 느낀 것에 대해 검열하지 않고 떠오르는 건 다 기록해 보기로 한다. 얼마나 지났을까. 시계를 보니 4시다. 핸드폰 한 번 보지 않고 기록만 두 시간째. 어떤 사람들이 공간에 머무르는지에 따라 그곳의 분위기가 만들어진다. 몰입하게 만드는 에너지로 가득했던 곳.

웃으면서 즐겁게 일할 수 있구나

그랜마즈 쿠킹 클래스

'Grandma's Home Cooking School'이라고 적혀 있는 남색 앞치마를 입은 여자 직원분이 환한 미소로 반겨준다. 오늘 쿠킹 클래스를 함께할 가넷. 처음 만난 순간부터 차를 타고 헤어지는 순간까지 4시간이 넘는 시간 동안 그녀가 뿜어내는 에너지는 대단했다. 무엇보다 주변 사람까지 기분 좋게 만드는 웃는 얼굴이 인상적이었다. 저렇게 웃으면서 일할 수 있다니.

나를 갉아먹는 일이 아닌 즐겁게 할 수 있는 일을 찾기 위해 퇴사한 지금. 내가 원하는 인생을 이미 살고 있는 것 같은 가넷이 부러웠다. 회사 안에서 하루하루 버티는 삶이 아닌, 적어도 웃으면서 일하고 싶었다. 어떻게 웃는지 그 방법도 까먹은 채 침울한 표정으로 컴퓨터 앞에 앉아 있는 게 일상이었던 나에게 일도 웃으면서 즐겁게 할 수 있구나. 일이라고 다 괴로운 건 아니라는 걸 직접 보여준 가넷.

'원하는 일을 찾겠다고 퇴사했는데 못 찾으면 어쩌지. 내 욕심인 걸까.'

퇴사를 하고 나서 미래에 대한 불안과 고민이 스멀스멀 올라오는 순간들이 있다. 그럴 때마다 가넷을 생각하려고 한다. 나도 웃으면서 일할 수 있는 날이 반드시 올 거라고. 먼 훗날 그녀를 다시 만난다면 이 말을 꼭 전하고 싶다.

"그때 너의 넘치는 에너지와 밝게 웃으면서 일하는 모습을 보고 '나도 저렇게 일할 수 있겠구나' 용기를 얻었어. 덕분에 인생을 즐기면서 살고 있어. 진심으로 고마워."

망고랑 밥을 같이 먹는다고요?

망고 스티키 라이스

망고와 찹쌀밥을 같이 먹는 망고 스티키 라이스. 망고와 밥이라니. 밥과 과일을 같이 먹어본 적은 한 번도 없기 때문에 무슨 맛일지 전혀 상상이 안 된다. 살짝 거부감이 들기도 하고. 그러다가 우연히 치앙마이 한 달 살기를 한 분이 극찬하면서 올린 글을 발견했다. 망고 스티키 라이스를 파는 곳인데 2~3일에 한 번은 꼭 가고, 떠나기 전 마지막 날까지 먹고 갔다면서. 신기한 게 가게 이름도 '망고 스티키 라이스'다. 상호명이 음식 이름인 것. 그만큼 음식에 자신이 있다는 의미로 보여서 더 기대가 됐다.

무심한 표정으로 망고를 손질하고 있는 아주머니 옆에서 딸로 보이는 직원분이 주문을 받고 계산하고 있다. 포장된 음식을 건네받으며 감사하다고 인사드리니 무심한 얼굴과는 상반된 친절한 목소리로 '컵쿤카~'라고 인사해 주시는 아주머니. 치앙마이를 여행하면서 표정은 무심한 듯 보이지만 친절한 분들을 자주 본다. 더운 날씨 때문인가. 무심한 표정으로 내뱉는 친절한 말들이 아직은 어색하기만 하다.

드디어 시식 타임. 블로그에서 망고 따로, 밥 따로, 망고를 반찬처럼 먹으라는 글을 보고 망고를 먼저 포크로 떠서 먹어본다. 와. 가게 이름이 음식이랑 똑같은 이유가 있구나. 먹자마자 망고의 달콤함이 입안 가득 퍼지면서 사르르 녹는다. 살면서 먹어본 망고 중 가장 달콤하고 맛있다. 와. 소리가 절로 나오는 맛. 다음은 찹쌀밥. 밥이라기보다는 약밥 같다. 찰지고 달콤해서 디저트로 떡을 먹는 느낌이랄까. 새콤달콤한 망고와 쫀득한 찹쌀밥. 재구매 의향 200%입니다, 사장님.

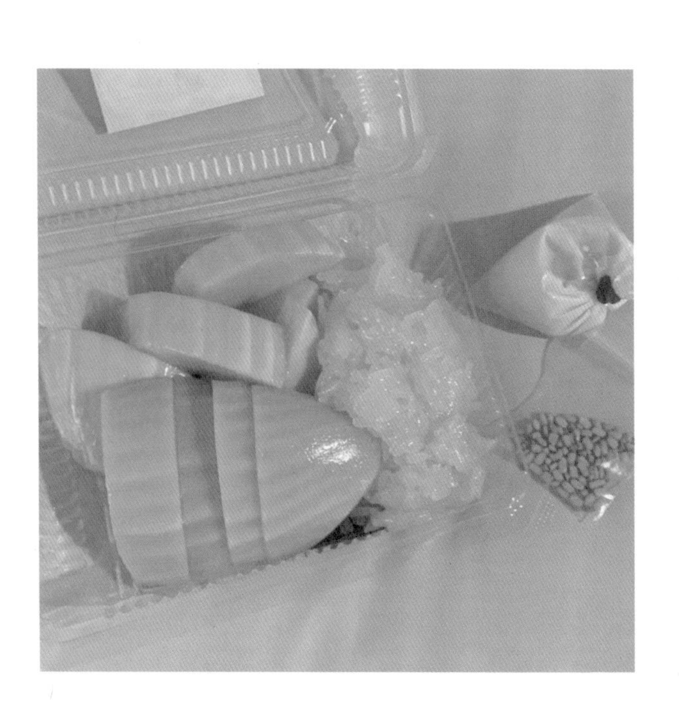

그동안 받은 마사지는 마사지가 아니었음을

쿤카 마사지

치앙마이에서 받는 첫 타이 전신 마사지. 마사지를 받기 전, 기다란 의자에 앉아 바닥에 놓인 세면대에 발을 올려놓으니 따뜻한 물에 레몬을 뿌려 씻겨준다. 마사지 전용 옷으로 갈아입어야 하는데 처음 보는 비주얼의 바지에 당황했다. 허리 부분에 고정하는 밴드도 없고, 사람 2명은 들어갈 수 있을 정도로 입구가 넓다. 다 트여 있는데 어떻게 허리에 고정하라는 거지. 결국 대충 다리만 넣고 커튼을 열어 마사지사분께 SOS 신호를 보냈다.

처음엔 다들 그런다며 친절하게 묶어주시고 드디어 시작된 마사지. 발 마사지를 시작하자마자 직감했다. 와, 이분 잘하실 것 같다. 60분 동안 1초도 쉬지 않고 몸을 쉴 새 없이 움직이며 발, 종아리, 허벅지, 등, 어깨, 팔, 손, 목, 머리까지 예술에 가까운 섬세한 강압 조절로 마사지 해준다. 몸 곳곳에 뭉친 곳을 귀신같이 찾아내서 집중적으로 마사지해 줄 때는 당장 일어나서 팁을 드리고 싶을 정도였다. 아파서 인상이 찌푸려지려고 할 때쯤 강도를 약하게 하거나 다른 부위로 넘어간다. 내가 얼마만큼의 아픔을 느끼는지 같이 느끼고 있는 것처럼. 드디어 마지막. 팔을 뒤로 내밀어 달라고 한다. 두 팔을 잡은 채, 다리를 내 허리 쪽에 고정하고 쭉쭉 당겨 가슴이 위로 향하도록 상체를 펴준다. 와. 너무 시원하다. 속으로 기립박수를 쳤다. 팁으로 감사함을 전하며 엄지를 치켜세웠다. 카운터 앞 테이블에 앉아, 내어준 따뜻한 차를 마시면서 직원분께 여쭤봤다.

“마사지가 너무 좋아서 또 받으러 오고 싶은데요. 방금 마사지해 주신 분 성함을 알 수 있을까요?”

앞에 서있던 직원 셋이 마치 기다렸다는 듯 동시에 대답한다. …네? 알아듣지 못하는 나를 위해 스펠링을 천천히 말해준다. “T.A.I. 따이.” 나가는 문 앞까지 따라 나와 한 번 더 ‘따이’를 외치는 직원분. 이런 영업은 언제든 환영입니다.

Khunka Massage Reservation
Customer Details:
Name : hyunji
Hotel / room No.: Kt house chiang mai
E-mail :
Reservation
Person : 1
Package / Price: Thai massage 60min @
Date / Time : 6:45 PM / 22-12-23
Remark :
No Refund
Deposit : 100 THB
Receptionist : Zon
Date : 22-12-23

미쉐린이 선택한 2천 원짜리 치킨 덮밥

코이 치킨 라이스

치앙마이 9일 차. 처음으로 물개박수를 치며 감탄하면서 먹은 음식이다. 2020, 2021, 2022, 3년 연속 미쉐린 가이드로 선정된 2천 원짜리 치킨 덮밥을 파는 곳. 영업도 오전 8시부터 오후 2시 반까지. 아침과 점심 장사만 한다. 주문은 특이하게 식당에 들어가기 전 입구 앞에서 받는다. 메뉴는 삶은 것과 튀긴 것 딱 2가지. 둘 다 맛볼 수 있는 반반 메뉴로 시키고 안으로 들어갔다.

영업 종료 30분 전임에도 불구하고 1층은 이미 현지인들로 가득 차 있다. 안내를 받고 올라간 작은 다락방처럼 생긴 2층에는 2인 테이블 5개가 놓여있다. 5분 정도 기다렸을까. 프라이드치킨 4조각, 삶은 치킨 4조각에 밥과 오이 2조각. 정체불명의 빨간 소스와 따뜻한 국이 함께 나온다.

궁금했던 프라이드치킨부터 소스 없이 먹어본다. 겉은 바삭하고 속은 촉촉한데 튀김에 간이 완벽하다. 교촌치킨 오리지널의 상위 버전이랄까. 튀김에 입힌 간장 베이스의 소스가 기가 막히다. 같이 준 빨간 소스는 매콤하면서도 살짝 달콤해서 감칠맛을 돋운다. 듬뿍 찍어 먹어본다. 밥도 맨밥이 아니라 완벽하게 간이 돼 있어서 치밥 하기에도 딱. 삶은 건 닭가슴살 부위임에도 전혀 퍽퍽하지 않고 촉촉하고 야들야들하다. 닭 껍질을 따로 삶는 건지 가슴살 위에 얹어서 주는데 입에서 그냥 살살 녹는다. 미역 같은 건더기가 들어간 국물도 예술이다. 속을 뜨끈하게 만들어줘서 숟가락으로 먹다가 아예 그릇째 들고 마셔버렸다. 해장할 것도 없는데 제대로 해장한 기분.

최대한 천천히 음식 하나하나 음미하고 싶을 정도로 맛있었던 코이 치킨 라이스의 치킨 덮밥. 이 정도는 돼야 3년 연속 미쉐린 가이드에 선정되나 보다. (한국 오기 전에 한 번 더 먹고 올 걸. 후회 중이다.)

세상에 하나뿐인 노트

북 바인딩 체험기

종이와 실을 엮어 노트를 만드는 북 바인딩 클래스를 신청했다. 가게에 들어가니 사장님 'Note'가 반겨준다. 나 포함 4명이 수업을 같이 듣게 됐는데 놀랍게도 다 한국에서 온 여성분들이다. 최근 몇 달간 수업을 진행할 수 있는 최소 인원 2명이 채워지지 않아 클래스를 진행하지 않았다고 한다.

오랜만에 진행하는 클래스인 만큼 우리 보고 운이 정말 좋다며 호탕하게 웃는 노트. 주인장 노트는 북 바인딩 말고도 시도 쓰고, 기타 연주도 하고, 가끔 버스킹도 하고. 하고 싶은 거 다 하면서 살고 있다고 본인을 소개한다. 표정만 봐도 행복해 보인다. 하고 싶은 일을 하면서 즐겁게 살고 싶어 퇴사했기에 이미 내가 원하는 인생을 살고 있는 노트가 부러웠다.

각자 소개를 마치고 노트의 말에 따라 차근차근 노

트를 만들어 나갔다. 커버를 종이로 할지, 가죽으로 할지. 속지는 어떤 재질의 종이로 구성할지. 크기와 책등 모양은 어떻게 할지. 하나부터 열까지 우리의 취향대로 선택해 만들 수 있었다. 내지로 사용할 종이를 골라 노트 크기에 맞게 재단하고, 송곳으로 실과 종이를 엮을 구멍을 뚫고, 가죽 커버에도 망치로 구멍을 뚫었다. 북 바인딩용 실을 사용해서 커버로 사용될 가죽과 종이를 엮는 마지막 작업까지.

쉽지 않았지만 수업 내내 "Take your time. Take it easy. Slowly."라고 말해 준 노트 덕분에 낙오되는 사람 없이 천천히 따라갈 수 있었다. 급할 필요 없이 천천히 해도 된다고. 한국인이라고 하면 '빨리빨리'라는 단어가 외국인들 입에서 자동으로 튀어나올 만큼 느림의 미학과는 다소 먼 한국 사람들. 우리에게 꼭 필요한 말이 아닐까. 천천히 살아도 괜찮다고, 힘들면 잠시 쉬어도 괜찮다고 말해주는 것 같아 고마웠다.

3시간 동안 끙끙대면서 겨우 만든 노트 한 권. 이곳을 가득 채운 노트들이 새삼 대단해 보인다. 이걸 다

만드는 데 걸린 시간과 노동력이 대체 얼마야. 쉬운 일이 아니었구나. 구경하면서 비싼 것 같다고 생각한 노트가 있었는데, 직접 만들고 나서 보니까 매우 합리적인 가격이었다는 생각이 든다. 소비자로만 보다가 한 번 만들어봤다고 생산자로서도 물건의 가치가 보이는 게 신기하다. 이해의 폭이 넓어져서 그렇겠지. 역시 아는 만큼 보이고, 아는 만큼 세상을 보는 눈도 넓어진다. 죽을 때까지 끊임없이 배워야 하는 이유이지 않을까.

수업을 마치고 노트에게 이름의 유래에 대해 물어봤다. 노트를 만들어서 파는 가게의 사장님이라 본인이 직접 지은 이름일거라고 생각했는데 흥미로운 대답이 돌아온다. 태국은 아이가 태어나면 가족들이 닉네임을 지어주는 문화가 있는데 이유는 모르지만 부모님이 'Note'라는 닉네임을 붙여 주셨다고 한다. 그 아이가 커서 가게를 차려 직접 만든 노트를 팔고 있다니. 노트를 팔 운명이었던 걸까. 새로운 걸 배우고, 듣고, 깨달은 노트와 함께한 북바인딩 수업.

ORIGINAL
WHEN YOU READ
YOU ARE READING
THE WRITER'S WORDS
BUT
WHEN YOU WRITE
YOU ARE READING
YOUR SOUL

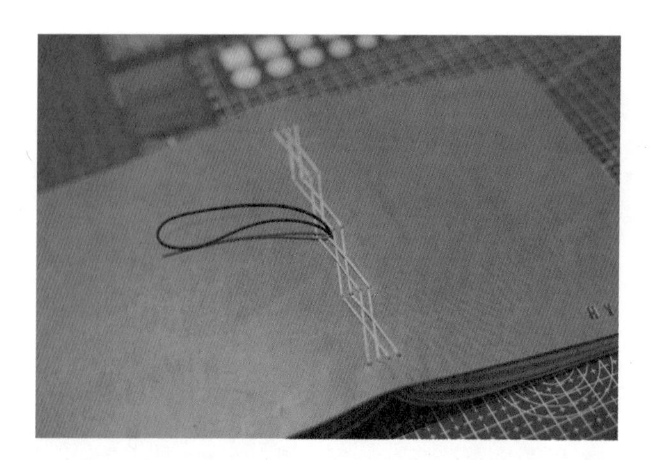

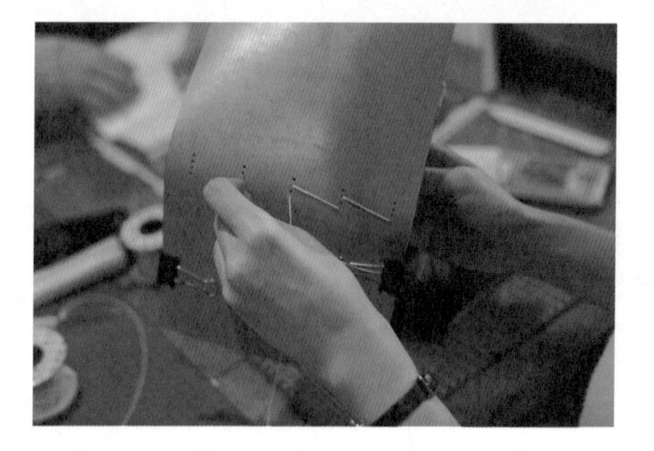

화수분 사람들

FLOUR FLOUR loaf

치앙마이 대학생들의 브런치 성지라고 해서 찾아온 곳. 생각보다 아담한 공간. 문을 열자마자 카운터가 보이고 문 바로 옆에 기다란 의자 하나가 놓여 있다. 창문을 바라보고 3명 정도 앉을 수 있는 좌석과 카운터 옆 기다란 바 테이블, 2인용 테이블 두 개가 전부다. 구석 자리를 좋아하는지라 가장 안쪽 빈 2인석 테이블에 앉았다. 고개를 들면 투명한 창문 너머로 가게 안쪽에서 빵을 굽고 있는 사람들이 보이는 자리. 귀여운 색 조합의 호카오네오네 운동화를 신은 여자 직원분이 아이패드를 들고 분주하게 돌아다니면서 빵을 굽는 분들과 이야기를 나눈다.

그나저나 여기 좀 신기하다. 빵을 굽는 안쪽 공간에서 사람이 끊임없이 나온다. 빵 굽는 사람들, 카운터 언니, 갑자기 꼬마 아이가 나오질 않나. 카페 사장님 딸인가. 지금도 처음 보는 남자분과 여자아이가 같이 나온다. 대체 저 안에는 몇 명의 사람이 있는 걸까. 화수분처럼 끊임없이 나오는 사람들. 아주머니와 대학생처럼 보이는 여성분이 나와 카운터 옆 나무로 된 바 테이블에 앉는다. 너무나 자연스럽게. 유난히 대학생처럼 보이는 직원이 많다. 가족끼리 하는 카페인 건지. 아르바이트하는 학생들인 건지. 말 한마디 없이 지나가는 사람들만 보고 이렇게 다양한 정보를 알아챌 수 있다니. 이래서 사람 구경이 재밌다고 하는 건가 보다. 안쪽 구석 자리에 앉지 않았다면 볼 수 없었을 장면들. 밖이 보이지 않아서 아쉬웠는데 그 아쉬움을 한 번에 날려준 화수분 사람들.

LOUR FLOUR

@strawberrypadthai

Kalm Village Sunset Yoga

Kalm Village라는 복합문화공간 안 3층 야외공간. 평소에는 모든 사람이 지나다닐 수 있는 공간 앞에 '요가 수업이 진행 중이니 들어오지 마세요.'라는 간판이 놓여있다. 신발을 벗고 미리 깔려 있는 요가 매트 위에 앉아 주변을 두리번거리다 앞에 앉아 있는 선생님과 눈이 마주쳤다. 어? 이틀 전 다른 요가원에서 만난 Ta다. 반가운 마음에 이틀 전에 너 수업을 들었다고 말했더니 "금요일 오전 수업 들었었지?"라며 알아보고 인사해 준다.

Ta도 내심 반가웠는지 수업 시작 전, 갑자기 타로 카드를 들고 내 앞으로 온다. 카드를 주면서 잘 섞은 다음에 한 장을 골라보라고 한다. 뽑아서 건네주었더니 의미심장한 미소를 짓는다. 수십 장의 카드 중 딱 한 장 있는 '요가' 카드를 골랐다고. 사실 그것보다 더 놀란 건 카드의 의미였다.

"네가 지금 어떤 상황인지는 잘 모르겠지만, 이 카드는 인생이 뜻대로 안 풀리고 마음에 들지 않아서 더 나은 삶을 위한 새로운 챕터를 시작할 거라는 의미야."

New Chapter. 새로운 시작을 의미하는 카드. 퇴사 후 치앙마이 한 달 살기를 결심하고 온 요가 수업에서 우연히 Ta를 만났고, 반가움에 건네준 타로 카드에서 딱 한 장 있는 요가 카드를 골랐다. 그리고 그 카드가 '새로운 시작'을 의미한다고 하니. 단순히 얻어걸린 것일 수도 있지만 오늘, 이 수업을 듣지 않았더라면 일어나지 않을 일이었다.

수련을 마치고 Ta와 인스타그램 계정을 공유했다. @strawberrypadthai. 딸기와 팟타이를 좋아해서 지은 이름이라고. 듣자마자 웃음이 났다. 숙소에 도착해서 씻고 나오니 인스타그램에 메시지 하나가 와있다.

'오늘 만나서 너무 반가웠어. 떠나기 전에 기회가 되면 다른 수업에서 또 볼 수 있으면 좋겠다.'

Divine
Belovéd
ORACLE CARDS
TOSHA SILVER
TOSHA SILVER
Divine
Belovéd
ORACLE CARDS
Sacred Self

고양이와 크리스마스이브

Tyme coffee

맞은편 도롯가에 문을 활짝 열어 둔 근사한 카페가 보인다. 야외 테라스 자리에 삼삼오오 앉아 있는 사람들. 안에서는 남자의 기타 반주에 맞춰 크리스마스 메들리를 부르고 있는 여자가 보인다. 그 소리에 홀린 듯 횡단보도를 건너 안으로 들어갔다. 오늘은 크리스마스이브. 혼자 와서 노트북을 하거나 각자 할 일에 집중하고 있는 사람들이 보인다. 차분한 분위기가 마음에 들어 그들 틈에 슬그머니 들어가 앉았다.

고양이 한 마리가 연주하는 두 사람 앞으로 무심한 듯 당당하게 지나간다. 산타클로스가 그려진 귀여운 손수건을 목에 두른 채. 치앙마이는 고양이가 참 살기 좋은 곳이라는 생각이 든다. 한국에 있는 길고양이들은 사람을 보면 숨거나, 도망가거나, 경계하거나. 셋 중 하나인데 여기 아이들은 하나같이 자기네들이 왕인 듯 행동한다. 도도하고 심드렁하다. 사람을 무서워

하지도, 피하지도 않고. 한국에 있는 길고양이들도 치앙마이 고양이처럼 지낼 수 있으면 얼마나 좋을까.

음료를 시키고 바깥이 내다보이는 기다란 테이블에 앉았다. 선선한 바람과 잔잔한 기타 선율을 느끼며, 카페 안을 느긋하게 걸어 다니는 고양이를 구경하고 있는 지금. 이게 쉼이고 휴식이라는 생각이 든다. 쉼과 휴식의 방식은 사람마다 다르고 다양하지만, 나에게 필요한 쉼은 이런 여유로움이었나 보다. 여행을 왔다고 의무감에 치여 어디를 바쁘게 돌아다니는 게 아니라.

문이 활짝 열려 있어 고개를 들면 저 멀리 공원이 보이고, 테라스에서 대화를 나누고 있는 사람들의 소리가 마음을 편하게 해주는 백색소음처럼 들려온다. 나의 첫 한여름의 크리스마스이브 풍경. 이곳에 들어오길 참 잘했다.

치앙마이 사투리 배워보실래요?

에어비앤비 체험

치앙마이에서만 해볼 수 있는 특별한 게 없을까. 에어비앤비 앱을 켜서 체험 탭에 들어간다. 스크롤을 쭉 내리다가 발견한 치앙마이 사투리 배우기. 치앙마이 사투리가 따로 있다고? 호기심에 바로 다음 날 수업을 신청하고 호스트 '사티타'가 운영하는 식당에서 만나기로 했다. 먼저 도착해서 식당 안으로 들어가니 직원분이 혹시 수업을 들으러 왔냐며 편한 자리에 앉으라고 안내해 주신다. 코코넛 밀크와 스티키 라이스로 만든 꽃 모양의 디저트와 시원한 차 한 잔을 내어준다. 디저트를 먹으면서 햇살이 잘 들어오는 포근한 분위기의 공간을 구석구석 구경하며 사티타를 기다렸다.

들어오자마자 환한 미소로 인사하는 사티타. 치앙마이에 대한 이야기를 나누다가 종이 한 장을 건네준다. 초록 바탕에 웃고 있는 소녀가 그려진 표지. 반으로 접힌 종이에 오늘 알려줄 태국어 10개가 적혀 있다. 안녕하세요, 잘 가요, 고마워요, 매우 많이, 맛있는, 즐거운, 귀여운, 아멘 등. 언어를 배우면 그 나라의 문화와 사람들에 대해서도 배울 수 있다고 하는데 정말 그랬다. 태국인들은 나이를 중요시해서 처음 만난 사람과 대화를 나눌 때 이름 다음으로 나이를 묻는다. 가슴 앞에 합장하는 높이가 높으면 높을수록 상대에 대한 존경의 의미도 커진다. 기도를 할 때는 이마 위까지 올리기도 한다고. 여유로움을 즐기는 치앙마이 사람들은 일도 느리게 해서 방콕 사람들이 썩 좋아하지 않는다는 비하인드 스토리까지. 가장 신기했던 건 나무에도 영혼이 있다고 믿는 종교가 있어서 나무를 섬기는 경우도 있다고 한다. 사원에 가면 승려분들이 입는 주황색 승복과 동일한 색의 띠를 나무에 둘러 그 나무를 신성시하는 걸 볼 수 있다고.

치앙마이에 오면 꼭 먹어야 하는 면 요리인 카오소이 맛집과 요가, 명상 체험, 금요일 아침에만 열리는 재래시장까지. 치앙마이에서 즐길 수 있는 걸 하나라도 더 알려주려고 한 따뜻한 마음씨를 가진 사티타와의 만남.

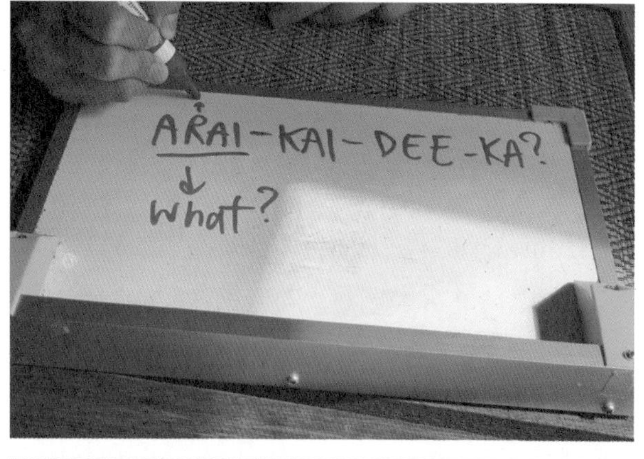
ARAI-KAI-DEE-KA?
What?

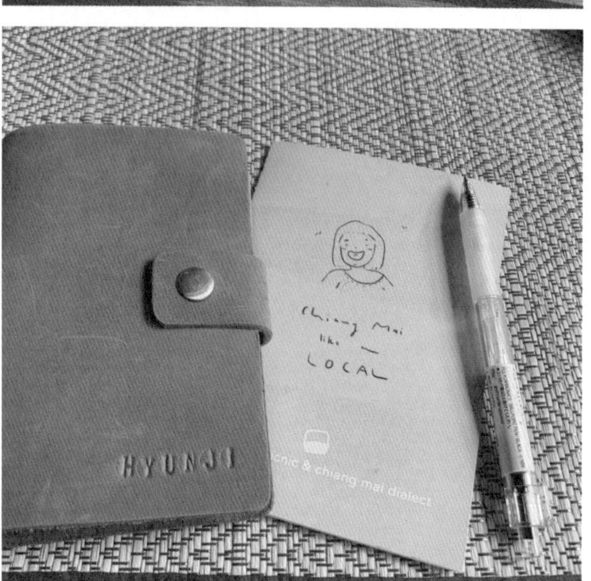
Chiang Mai
like
LOCAL
HYUNJI
icnic & chiang mai dialect

도로 앞 식당과 소품 가게를 지나 안쪽 골목으로 들어가니 숲속에 들어온 것 같은 아담한 카페 하나가 보인다. 문도 없이 사방이 탁 트여 있고, 테이블과 의자 주변으로는 나무와 식물 뿐이다. 원래 있던 숲에 작은 카페를 만든 느낌이랄까. 시끄러운 도로 앞이 아닌 안쪽에 있어서 조용하고, 무엇보다 BGM이 예술이다. 스티비 원더의 'Isn't she lovely'를 어쿠스틱하게 리메이크한 노래가 선선한 바람과 함께 흘러나오는데 이 공간의 분위기에 찰떡같이 잘 어울린다.

음악의 중요성을 새삼 느끼게 해준 순간. 아무것도 하지 않아도 음악 덕분에 이곳에 앉아있는 자체만으로 행복하다. 슬슬 일어나야 하는데 BGM이 계속 발목을 잡는다. 콘서트까지 다녀올 정도로 애정하는 샘스미스의 'Too Good at Goodbyes'가 나온다. 이 노래까지만 듣고 진짜 일어나야지. 노래를 들으면서 주섬주섬 짐을 챙겨 다 마신 커피잔을 사장님께 가져다드리고 나가려는 순간. 그냥 지나칠 수 없는 장면을 목격했다.

고양이 두 마리가 카운터 뒤에 있는 선반 위에서 머리를 맞대고 자고 있다. 귀여워서 한참을 빤히 쳐다보고 있으니까 사장님이 오셔서 고양이 두 마리가 그려진 카페 앞 간판과 테이크아웃용 컵에 붙은 고양이 로고 스티커를 보여주신다. 이렇게 귀여운 생명체가 있는 줄도 모르고 그냥 나갈 뻔했다니. 내가 귀여워하든 말든 세상 모르고 자는 녀석들. 오래오래 이 곳의 마스코트로 남아주렴.

CHAPTER 2WO COFFEE
6.30 am - 5.00 pm

조식을 먹으며 생각한 것들

Poppy's Kitchen

오전 8시도 안 된 이른 시간. 가게 오픈 시간에 맞춰 왔는데 이미 식당 안에서 사람들이 아침 식사를 하고 있다. 처음 왔을 때 친절하게 응대해 준 직원분과 눈인사를 한다. 치앙마이를 떠나기 전에 한 번 더 오고 싶어서 일부러 들른 곳. 다른 음식점에 비해 가격이 2배 넘게 비싼데 왜 나는 이 곳에 다시 오게 됐을까.

한적하고 평화로운 분위기에 가장 끌렸던 것 같다. 조식을 파는 다른 음식점에 비해 군더더기 없이 깔끔하고 공간이 주는 느낌이 따뜻하다. 도로가 앞에 자리 잡고 있지만, 잔잔하게 흘러나오는 음악 소리와 푸릇푸릇한 나뭇잎에 둘러싸인 야외 테라스 공간. 테이블마다 놓인 와인병에 꽂아둔 한 송이 꽃과 대리석 느낌의 테이블. 어두운 우드 톤의 의자. 이 모든 것들이 이 곳의 차분한 분위기를 만들어 준다. 공간을 둘러싸고 있는 나뭇잎 사이에 걸어 둔 보라색, 흰색, 빨간색, 분

홍색의 행잉 플라워까지.

그리고 음식의 맛과 센스 있는 플레이팅. 플레이팅도 훌륭하지만 음식이 담겨 나오는 접시와 커피잔이 맛을 돋운다. 보기에만 좋고 맛이 없었다면 절대 다시 오지 않았을 거다. 먹기 좋게 잘게 자른 망고, 바나나, 수박, 파인애플과 그 위에는 바삭하게 구워 달콤한 시럽을 뿌린 크로플 두 조각. 그 옆에 오렌지와 용과로 이쁘게 플레이팅해서 고급스러운 회색빛 접시에 담아 내어준다.

음식 맛도 훌륭하다. 신선하고 달콤 상큼한 과일과 바삭하게 잘 구운 크로플의 조화. 커피가 먼저 나오고 나서 충분히 여유를 두고 10분에서 20분 뒤에 음식이 나오는 것도 마음에 들었다. 서두르지 말고 여유롭게 먹어도 괜찮다는 일종의 신호로 느껴져서. 방금 시킨 음식도 마찬가지다. 달걀물을 어떻게 입힌 건지 오믈렛을 먹는 것처럼 빵이 부들부들. 빵 안에 견과류가 박혀 있어서 식감도 좋고 고소하다. 바나나를 얇게 썰어 접시 가장자리에 반원 모양으로 가지런히 두고, 그 위에 캐러멜 소스를 뿌려 놓았다. 접시 한 가운데에는 생크림 한 쿱과 그 위에 바질로 마무리. 손잡이가 달린 도자기 소재의 작은 주전자 모양의 컵에 메이플 시럽이 담겨 나왔다. 모든 식기의 채도가 낮아 보기만 해도 마음이 편안하다. 아름다운 식기를 보면 이렇게 기분이 좋아질 수 있구나.

집에서 음식을 안 해 먹는지라 혼자 먹어도 왜 이쁜 접시에 담아서 먹으라는 건지 이해가 잘되지 않았는데 이제야 이해가 된다. 노트를 꺼내 기록하면서도 앞에 놓인 음식과 커피잔을 힐끗힐끗 보게 된다. 이래서 매일 사용하는 물건일수록 사용할 때마다 기분이 좋아야 하나 보다. 매일 사용해도 질리지 않는 아이폰이나 맥북처럼. 무인양품의 노트처럼. 비쌀 필요는 없지만 마음에 드는 물건으로, 이왕이면 좋아하는 브랜드의 제품으로 주변을 채울 때 가장 만족도가 높은 것 같다. 나를 위해 이왕이면 가성비가 아닌 가심비, 가격 대비 만족도가 높은 제품으로 내 주변을 채울 것. 나를 대접해 주는 데 아끼지 말자.

내 이름을 기억하고 불러준다는 것

로즈와 크리스

요가원 문을 열고 들어가자마자 "Hi, Henny!"라고 반갑게 이름을 불러주는 로즈. 오늘 아침에 처음 얼굴을 보고 인스타로 연락 한 번 한 사이인데, 마치 오래 알고 지낸 친구인 것처럼 반갑게 인사해 주는 모습이 왜 이렇게 고마운지. 요가를 4년 넘게 하면서 느끼는 게 있다면 요가원에서 만난 사람들은 모두 기운이 밝고 에너지가 넘친다. 덕분에 요가원에서 수련할 때만큼은 나도 에너지를 주고받을 수 있는 사람이 된다. 내가 요가를 사랑하는 이유 중 하나이지 않을까.

라일라 요가는 타투샵과 함께 운영되는 특이한 곳이다. 치앙마이에 와서 나를 처음으로 따뜻하게 맞이해준 곳이기에 떠나기 전까지 꾸준히 오고 싶어서 5회 수강권을 미리 결제했다. 1월 1일 새해를 앞두고 5일간 요가원이 쉬는 바람에 며칠 만에 수련을 하러 갔다. 로즈 대신 처음 보는 타투샵 사장님 '크리스'가 반겨준다. 이름을 말하니 예약자 명단에서 내 이름을 체크하는 크리스. 우리는 가볍게 인사만 나눴다.

이틀 뒤, 오늘도 로즈 대신 크리스가 카운터를 지키고 있다. 나를 보자마자 "Henny?"라고 확신에 찬 목소리로 말한다. 이틀 전에 딱 한 번 스치듯 본 게 다인데 내 이름을 기억하고 있는 게 신기했다. 혼자 타지에 와서 사람들 틈에 껴 매일을 이방인으로 지내다가 내 이름을 기억하고 불러주는 두 사람을 만났다. 그래서 그런가. 이름을 기억해 준 로즈와 크리스에게 무한한 고마움을 느낀다. 처음 보는 사람의 이름을 기억하는 게 쉽지 않은 일이라는 걸 잘 알기에. 상대방에 대한 작은 관심과 배려가 있어야 가능한 일이라는 걸 알기에.

한 달간 머물다가 조용히 사라져도 아무도 모를 이방인. 그럼에도 불구하고 내 얼굴과 이름을 기억하고 다정하게 불러 준 로즈와 크리스. 두 사람으로 인해 잠시 머물다 아무도 모르게 떠나는 이방인 중 한 명이 아닌 고유한 나로 존재할 수 있었다.

Marshall

아름다운 공간에서 일하면 매일 행복할까

Gateway Coffee

콘크리트를 노출해 탁 트인 높은 천장, 종업원이 걸을 때마다 나무 바닥이 삐그덕거리는 소리, 선선하게 귀와 목을 스치는 선풍기 바람, 알아들을 수 없는 태국어로 나누는 대화 소리. 살짝 어두운 카페 안, 천장에서 내려오는 작은 조명 두 개와 창문을 통해 들어오는 햇살이 카페 내부를 은은하게 밝혀주고 있다. 형광등이 없어서 눈이 편안하고 공간도 자연스러운 분위기를 뿜어낸다. 와이파이 비밀번호까지 신경 쓰는 세심함이 돋보인다. espresso dream(에스프레소 드림).

세로로 긴 창문을 통해 은은하게 들어오는 햇살 아래, 노트북을 펼쳐 무언가에 몰두하고 있는 서양인 남자 두 명이 양 끝에 앉아 있다. 창문과 테이블, 의자, 디저트를 진열해 둔 선반, 주문을 받는 계산대까지 모두 목재로 되어 있다. 계산대와 손님이 앉는 테이블이

분리되어 있지 않고, 마치 하나의 공간처럼 되어 있어서 눈에 걸리는 게 없다. 바깥에서 들려오는 시끄러운 공사 소리가 원두를 그라인더로 가는 소리로 들린다. 길에서 들으면 그렇게도 거슬리는 공사 소리가 원두를 가는 백색소음처럼 들리다니. 공간이 주는 힘이란 이런 거구나. 다시 한번 느낀다. 이런 감각 있는 공간에 머물 때마다 떠오르는 생각이 있다.

'감각적이고 아름다운 공간에서 일하는 사람은 매일 행복할까? 매일 같은 공간에 오면 무덤덤하려나. 일하러 오는 곳이니까 별생각 없을 것 같기도 하고. 사무실에 있을 때는 닭장 속에 갇혀 있는 기분이라 너무 갑갑하고 힘들었는데. 이런 곳에서 일하면 어떤 기분이 드는지 궁금하다.'

걸을 때마다 나무 바닥이 삐그덕거리는 소리가 참 듣기 좋다. 나중에 집을 사게 되면 바닥이 목재로 된 집에서 살고 싶다. 그리고 자연스러움이 묻어나는 이런 공간에서 꼭 한 번 일해보고 싶다.

길거리 주스 가게의 반전

Por Jai Fruits Juice

더운 날씨에 너무 열심히 걸은 탓인지 갈증이 시도 때도 없이 올라온다. 목도 축일 겸 잠깐 앉아서 쉬고 싶어 지나가는 길에 우연히 들어온 주스와 커피를 파는 작은 가게. 인상 좋은 주인 아저씨가 주문을 받는다. 아이스 아메리카노 한 잔을 주문하고 벽을 보고 앉을 수 있는 작은 바 자리에 앉는다. 노란 망고와 가게 이름이 적힌 스티커가 붙은 테이크아웃용 컵을 유리로 된 컵 받침에 올려 정성스레 내어 주신다. 양도 스타벅스 그란데 사이즈 정도로 엄청 많다.

일반적으로 치앙마이 카페에서 파는 커피 가격이 60밧 정도인데 여기는 30밧이다. 1,100원. 놀라운 건 치앙마이에서 마신 커피 중 가장 입맛에 맞았다는 점이다. 산미가 없고 쓰지도 않은, 적당히 부드럽고 고소한 맛. 길거리 주스 가게에서 파는 커피는 맛이 없을 거라는 선입견을 완벽하게 깨준 곳이다.

심지어 노래 선곡까지 훌륭하다. 지금까지 간 치앙마이의 모든 카페는 선곡이 기가 막혔다. 간혹 볼륨 조절에 실패해서 귀에 거슬릴 정도로 노래를 시끄럽게 틀거나, 분위기에 맞지 않는 노래를 틀어 나가고 싶게 만드는 곳이 있는데 여기에서는 그런 곳이 단 한 군데도 없었다. 개인 작업을 해도 방해되지 않을 적당한 볼륨으로 가사가 없는 잔잔한 재즈나 가사가 있어도 편하게 들을 수 있는 노래가 흘러나온다. 길거리에 있는 작은 주스 가게조차 이런 선곡을 한다니. 음악 하나로 유럽의 어느 분위기 좋은 노상 카페 테라스에 앉아 있는 기분이다. 목만 잠깐 축이려고 들어온 건데 맛있는 커피와 완벽한 음악 선곡 때문에 엉덩이를 뗄 수가 없다.

Por Jai

태국어로 쓴 시를 선물받다

Note와의 인연

2주 전, 속지 리필이 가능한 여권 크기의 노트 두 권이 들어 있는 다이어리 한 권을 샀다. 매일 가지고 다니면서 기록하다 보니 열흘 만에 노트를 다 써버렸다. 귀국 전 여분의 리필용 노트를 넉넉하게 사 가려고 가게 주인 'Note'에게 가게로 가면 살 수 있는지 연락했다. 지금은 재고가 없으니 오기 하루 전에 말해주면 미리 만들어 놓겠다고 해서 여섯 권을 부탁했다. 다음 날 오후 1시. 노트만 사서 바로 올 생각이었는데 안으로 들어오라고 했다. 노트 여덟 권을 건네주며 두 권은 선물이라고 하면서 그중 한 권에 특별한 걸 써주겠다고 했다. 평소에 시도 쓴다는 말이 생각나 물었다.

"Poem(시)?"
"Yes, poem."

노트는 지금, 이 순간 느낀 걸 써보겠다며 펜을 집

어 들었다. 앞에 앉아있으면 방해가 될까 봐 자리를 비켜줬다. 10분쯤 지났을까. 슬금슬금 노트가 앉아 있는 테이블 앞 의자로 가서 앉았다. 태국어로 먼저 쓰고 내가 알아볼 수 있게 영어로도 옮겨 적었다면서 노트를 건넨다. 노트를 펼치니 왼쪽에는 알아볼 수는 없지만 그림처럼 이쁜 글씨로 적힌 태국어 시 한 편이, 오른쪽에는 영어로 해석한 시가 적혀 있었다. 영어가 유창하지 않아 정확하게 옮기지는 못했으니 이해해 달라며 얼굴을 붉혔다. 사실 내용은 전혀 중요하지 않았다. 살면서 누군가가 나를 위해 써준 시 한 편을 받을 일이 얼마나 될까. 그 마음이 그저 고마울 뿐이다.

"한국에 가면 다시 회사로 돌아가는 거야?"
"음…. 아니. 나 사실 4개월 전에 퇴사했어."
"어쩐지. 그래서 이렇게 길게 올 수 있었구나."

그러더니 본인의 이야기를 들려줬다. 딱 내 나이 때쯤. 7년 다닌 은행을 퇴사하고 취미로 하던 북 바인딩 가게를 차렸다고 한다. 정장에 넥타이까지 매고 매일 9 to 6 사무실 컴퓨터 앞에 앉아서 일하는 평범한 직장인이었다고. 요즘은 북 바인딩 관련 정보를 쉽게 접할 수 있지만 본인이 배울 당시만 해도 어디서 배워야 할지도 몰랐다고 한다. 무작정 해외에서 올린 유튜브 영상을 틀어 놓고 연습하고 또 연습했다고. 그렇게 하다 보니 본인만의 노하우가 생겨 가게를 차리고 지금까지 왔단다. 6년 전 10월에 오픈해서 'Note a Book'이라는 가게를 운영한 지 6년하고도 2개월. 큰돈을 벌 수 있는 건 아니지만 지금의 삶에 만족하고 행복하다는 Note. 내가 지금 일하는 것처럼 보이냐며 웃는다.

"사람 일은 모르는 거야. 내년에 네 가게를 오픈했다고 나한테 연락이 올 수도 있는 거잖아?"

노트의 말이 맞다. 소속된 곳이 없는 지금, 마음만 먹으면 뭐든 할 수 있고 어디든 갈 수 있는데 내가 스스로의 한계를 정해두고 있었다. "집을 떠나 자신과 대면하는 시간을 가진 사람만이 성장해서 집으로 돌아온다."는 류시화 시인의 말처럼, 여행이 끝나고 나서는 많은 걸 깨닫고 변화한 나 자신과 마주할 수 있기를 바란다.

사장님의 친절함에 반한 숙소

우알라이 사바이데

치앙마이에서의 마지막 4박 5일을 보낸 숙소. 로비에 도착하니 직원분이 뛰어나와 캐리어를 들어 주신다. 체크인이 가능한 시간 전에 와서 짐만 두고 가려고 하니까 청소가 끝나면 너가 남겨준 번호로 뜨는 카톡으로 연락을 주겠다고 한다. 여행을 하면서 얼리 체크인이 가능할 때 연락 준다는 숙소는 그 어디에도 없었는데. 괜히 후기가 좋은 게 아니구나. 심지어 체크인도 안 했는데 조식을 먹어도 된다며 커피랑 빵, 과일을 편하게 먹으라고 한다. 이런 곳은 더 널리 알려져서 사장님이 부디 돈 길만 걸으셨으면.

에피소드 하나. 카운터에 앉아 있는 직원에게 체크인을 부탁하니 방 열쇠를 건네주면서 맡겨 둔 짐은 방 안에 옮겨놨다고 한다. 그러면서 숙소 2분 거리에 토요일에만 여는 마켓이 오후 5시부터 11시까지 열리니까 꼭 가보라고 한다. 짧은 시간이었지만 대화하는 내

내 ^_^ 표정으로 웃고 있던 직원분. 알고 보니 친절함 끝판왕인 이 곳의 사장님이었다.

에피소드 둘. 1층 야외 테이블에서 조식을 먹고 일어나려고 하는데 어떻게 아셨는지 사장님이 접시와 커피잔을 치우러 오신다. 어제 야시장 알려주셔서 잘 다녀왔다고 감사 인사를 드리니 기분이 좋으셨나 보다. 한국어로 적힌 지도를 한 장 꺼내 시내 주요 명소, 마켓, 맛집이 펜으로 하나하나 표시해가며 설명해 준다. 사장님의 원픽은 '징짜이 마켓'이라며 파란색 펜으로 크게 동그라미 친다. 질 좋은 물건만 모여 있어 살 게 많을 거라고 두 번이나 추천해 준다. 이미 3번이나 다녀왔고 어제도 다녀왔지만, 사장님이 민망 하실까 봐 안 가 본 척을 하며 꼭 가보겠다고 했다.

이미 다 알고 있는 것들이었지만 뿌듯한 표정으로 설명해 주는 사장님의 모습에 마치 처음 듣는 것처럼 메소드 연기를 했다. 이런 친절한 사장님이 계신 곳에 4일이나 더 머물 수 있다니. 이 숙소를 발견하고 여행의 마지막 숙소로 예약한 건 정말 최고의 선택이었다.

즐겁게 일할 수 있다는 걸 보여준 사람들

여행하는 동안 웃으면서 일하는 사람들을 볼 때마다 퇴사 전 내 모습이 떠올랐다. 나는 어떤 표정으로 일했었지? 사무실에서 웃는 날보다 웃지 않은 날이 더 많았기에 즐겁게 일하는 건 불가능에 가깝다고 생각했다. 하지만 여기 와서 내 생각이 잘못됐다는 걸 깨달았다.

요가원에서 만날 때마다 환하게 웃고 있는 로즈. 인생 2막을 시작하는 데 도움이 필요하면 언제든 편하게 연락하라는 요가 선생님 Ta. 7년간 은행원으로 근무하다가 퇴사하고 취미로 하던 북 바인딩 가게를 차려, 본인이 하고 싶은 일을 할 수 있어 행복하다는 Note. 더운 날씨에도 불구하고 쿠킹 클래스 시작부터 끝까지 밝은 에너지로 사람들을 웃게 해준 가넷. 음식은 사람을 연결하는 중요한 수단이라는 생각으로 치앙마이에 2개의 가게를 차리고, 치앙마이 문화와 언어를 알리는 데 진심인 사티타까지. 나도 그들처럼 일할 수 있다는 걸 알려준 고마운 사람들.

새로운 시작을 위해 고군분투하고 있는 지금. 나에게 꼭 필요한 사람들이 곁으로 와 어깨를 두드려주며 너도 하고 싶은 일을 찾아 웃으면서 살게 될 거라고 응원해 주는 것 같다. 말이 아닌 그렇게 살고 있는 모습을 직접 보여주면서 말이다.

은색 사원에서 맞이한 새해

왓 스리 수판

치앙마이 내 유일한 실버 템플 '왓 스리 수판'. 새해인 만큼 사찰에 들러 마음을 정화하고 새해 기도를 하고 싶었다. 사찰에서만 맡을 수 있는 특유의 향도 그립고. 가운데 사원을 기준으로 왼쪽엔 금색, 오른쪽엔 은색 불상이 놓여 있고 바로 맞은편 건물에서는 스님이 덕담을 나눠주고 계신다.

의자에 앉아 주변을 둘러보다가 신기한 장면을 목격했다. 불상 아래에서 사람들이 그 상의 다리 사이로 본인이 가진 물건을 계속 돌린다. 손에 든 가방이나 핸드폰을 빙글빙글. 일종의 의식인가 보다. 한참을 구경하다 새해 기도를 하러 입구 앞에 놓인 코끼리 불상 앞으로 다가갔다. 경건한 마음으로 불상 앞에 서서 잠시 가만히 바라봤다. 눈을 감은 채 가슴 앞에 두 손을 가지런히 모으고 소원을 빌었다. 부디 이루어지길 바라는 간절한 마음을 담아.

영화 속 엘리베이터가 눈앞에

FOHHIDE

문을 앞으로 당겨서 타는 특이한 엘리베이터를 타고 5층으로 올라가면 탁 트인 치앙마이 전망을 볼 수 있는 히든 플레이스가 있다. 말 그대로 모르면 찾아올 수 없는 숨겨진 카페. 오래된 유럽 영화에서만 보던 엘리베이터를 타는 것 같아 두근두근 설렌다. 최대 3명까지만 탈 수 있는 조그마한 내부. 문을 닫고 5층을 누르면 바로 올라가지 않고 10초 뒤쯤 올라가기 시작한다.

'띵-'

도착을 알리는 정겨운 소리. 5층에 숨어있는 카페이기도 하고, 9시도 안 된 이른 아침이라 나 말고는 아무도 없을 줄 알았는데 배달 기사님과 손님이 끊이질 않는다. 역시 유명한 곳이면 멀든, 숨어있든 알아서 다 찾아오는 건 만국 공통인가 보다.

5

This is really me.

Kaew Gallery

"회사에서 일했지만 행복하지 않았습니다. 돈은 벌고 있었지만 성취감을 느끼지 못했죠. 회사 생활에서 행복을 찾지 못하고, 15년 전부터 미술에 전념하기로 결심했습니다. 그제야 비로소 이게 진정한 나 자신이라는 것을 깨달았어요. 마켓에서 작품을 팔기 시작해, 지금은 갤러리와 아트샵을 운영하고 있습니다. 미술은 나의 열정이자 직업입니다."

올드타운 시내 안 작은 갤러리를 구경하다가 만난 작가소개. 내 인생을 살고 싶어 성장과 성취감이라고는 전혀 찾아볼 수 없는 6년간의 회사 생활을 청산했다. 자신의 인생을 만들어 나간 작가처럼, 나도 그럴 수 있다는 확신이 든다. 직접 얼굴을 보고 대화를 나눈 건 아니지만 짧은 인생 이야기를 들려준 것만으로도 울림을 주었다. 인생은 스스로 만들어 나가는 것. 불가능한 일은 없고 원한다면 뭐든지 할 수 있다.

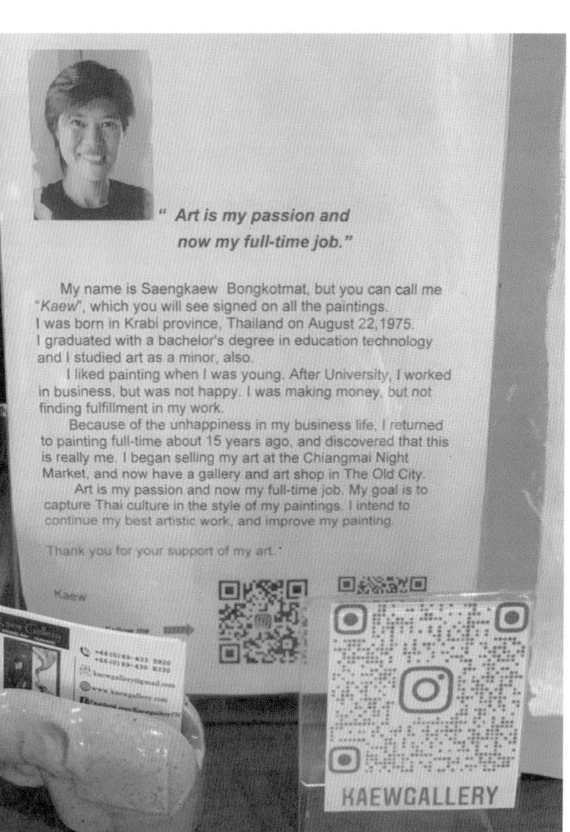
" Art is my passion and
now my full-time job."
My name is Saengkaew Bongkotmat, but you can call me "Kaew", which you will see signed on all the paintings.
I was born in Krabi province, Thailand on August 22,1975.
I graduated with a bachelor's degree in education technology and I studied art as a minor, also.
I liked painting when I was young. After University, I worked in business, but was not happy. I was making money, but not finding fulfillment in my work.
Because of the unhappiness in my business life, I returned to painting full-time about 15 years ago, and discovered that this is really me. I began selling my art at the Chiangmai Night Market, and now have a gallery and art shop in The Old City.
Art is my passion and now my full-time job. My goal is to capture Thai culture in the style of my paintings. I intend to continue my best artistic work, and improve my painting.
Thank you for your support of my art."
Kaew
Follow me
KAEWGALLERY

로띠에 중독된 자

로띠 (Roti)

밀가루 반죽을 동그랗고 얇게 펴 버터나 마가린을 녹인 기름에 바삭하게 튀겨서 먹는 태국 전통 간식. 편의점 앞 로띠 집. '바나나 계란 로띠' 하나를 주문하자마자 미리 준비해 둔 동그란 반죽을 얇고 크게 핀다. 그 위에 날계란 하나를 톡 까서 올리고, 손바닥만 한 칼로 바나나를 얇게 썰어 가지런히 올려놓는다. 동그랗고 넓게 펴진 반죽을 네모 모양으로 접은 뒤 이번엔 큰 칼을 집어 든다. 가로로 3번, 세로로 3번.

16등분으로 반듯하게 잘린 로띠 위에 마지막으로 연유를 뿌려준다. 방금 막 튀겨서 겉은 바삭하고 속에는 바나나와 계란이 들어있어서 부드럽고 고소하다. 연유가 더해져서 달콤하기까지. 한국의 호떡이 생각나기도 하고, 달달한 디저트를 좋아하는 사람이라면 무조건 좋아할 수밖에 없는 맛. 이날 이후로 매일 편의점 앞을 기웃거리는 로띠에 중독된 자가 되었다.

โรตีกล้วย+ชีส
Rotee Banana + Cheese
罗蒂香蕉+ 罗提蜂蜜
60
โรตีใส่ไข่ + กล้วย
Rotee Egg+Banana
罗蒂鸡蛋+香蕉
50
โรตีกล้วย+ช็อกโกแลต
Rotee Banana + Chocolate
罗蒂香蕉+罗特巧克力
50

사진 말고 순간을 느끼기

Khagee

공간의 분위기를 만들어주는 카페 안 잔잔한 음악 소리, 테이블 위 따뜻하게 비치는 햇살, 바람에 살랑살랑 흔들리는 커튼이 만들어내는 그림자. 사진으로 담아보려고 애를 써보지만 마음처럼 잘 찍히지 않는다. 사진으로는 담을 수 없는 것들이 있다. 흘러나오는 음악, 선선한 바람, 사람들의 대화 소리, 포근한 공기. 그 순간에만 느낄 수 있는 건 다시 돌아오지 않기에 핸드폰은 잠시 내려두고 순간에 머물러 보려 한다. 사진보다 중요한 게 지금 여기에 있으니.

바빠도 친절과 웃음을 잃을 순 없지

Cafe Arte

숙소와 같이 운영되고 있는 카페 아르떼. 유럽의 어느 가정집을 연상시키는 큰 창문과 2층 높이의 아담한 하얀색 건물. 카페 건물 밖으로는 푸릇푸릇한 나무로 뒤덮인 야외 정원 겸 테라스가 있다. 바닥엔 회색 자갈이 깔려 있고 곳곳에 목재로 만든 테이블과 라탄 의자가 놓여 있다. 나무 그늘에 앉아 혼자 여유롭게 종이책을 읽고 있는 여성분이 보인다. 차도 앞에 위치해 있지만 높은 담벼락 덕분인지 평화롭고 고요한 야외 테라스. 지저귀는 새소리와 옆에 있는 작은 분수에서 물 흐르는 소리가 들린다. 지나가는 차 소리조차 감미롭게 들리는 마법. 사람들이 카페 안으로 들어가는 문을 여닫을 때마다 들리는 맑고 경쾌한 종소리와 삐걱거리는 나무 문소리가 듣기 좋다.

안락하고 따뜻한 분위기의 내부. 활짝 웃는 얼굴의 여자 직원분과 나이가 지긋해 보이시는 남자 사장님이 반겨 주신다. 주문이 밀려 바빠 보였지만 부산스러움은 느껴지지 않는다. 투명한 잔에 담아 내어주는 미디엄 다크 로스팅 커피. 밀린 주문으로 무척 바빠 보이는 여자 직원분이 야외 테라스 자리로 커피를 내어준 뒤 테이블을 닦으러 다시 온다. 아침에는 여유로웠는데 오후 되니까 너무 바쁘다며. 안에도 사람이 너무 많아 기다리게 해서 죄송하다고. 바쁜데도 불구하고 미소와 친절함을 잃지 않는다. 웃는 사람의 얼굴에서는 항상 빛이 나고 좋은 에너지를 뿜어낸다. 그래서 그런지 그 사람한테 한 번 더 눈길이 가고 관심이 간다. 사람이 이뻐 보인다고 해야 하나. 5분도 안 되는 잠깐의 시간이었지만 나를 되돌아보게 했다.

야외 테라스에 앉아 따뜻한 햇살 아래 노트 한 권을 꺼내 기록하는 시간. 여유롭고 평화롭다. 유명한 관광지에 가서 사진을 찍고, 맛집에 가서 음식을 먹을 때 느끼는 행복보다 이런 소소한 순간들을 누릴 때 더 큰 행복을 느낀다. 내가 좋아하는 공간에서 좋아하는 것 하기. 그런 순간들을 여행하는 동안 나 자신에게 아낌없이 주고 싶다.

Arte
ouse
155/4

먹을 거 달라고 온 거 아니에요

길에서 만난 강아지

태국의 대표 길거리 음식인 갈비 맛이 나는 돼지고기 꼬치 '무삥'을 사서 한참을 먹고 있는데 강아지 한 마리가 슬금슬금 다가온다. 바닥에 소시지 꼬치가 3개나 널브러져 있었는데 눈길도 주지 않고 내 앞으로 온다. 너 소시지 말고 무삥이 먹고 싶구나. 안쓰러운 마음에 조금이라도 주고 싶어서 허리를 숙여 남은 꼬치를 앞으로 내밀었다. 이런 건 관심 없다는 듯 입에도 대지 않는다. 뭐지? 이게 아닌가. 무삥은 본 채도 않고 계속 꼬리를 흔들면서 주위를 맴돈다. 이내 자리를 잡고 앉아 나를 빤히 쳐다본다. 그냥 사람이 좋아서 온 거다. 나 좀 이뻐해 달라고. 앞에 앉아 나를 올려다보던 몇 초의 시간을 잊을 수 없다. 사람이 좋아서 온 건데 당연히 먹을 거 때문에 온 거라고 착각한 게 너무 미안했다. 더 이뻐해 주지 못하고 온 게 아직도 후회가 된다. 아프지 말고 건강하게, 사람들한테 이쁨 듬뿍 받고 지내야 해.

여기가 뉴욕 센트럴 파크인가

농부악핫공원

치앙마이 시내 안 작은 공원. 시끄러운 도롯가를 지나 안으로 들어오면 마치 다른 세상에 온 것처럼 평화롭고 한적한 공원이 나타난다. 각자의 방식으로 쉼을 즐기는 사람들. 어디를 가볼까, 뭐를 먹을까. 고민은 잠시 접어두고 그들 속에 스며들어 여유를 즐겨본다.

AIA

Beerlao 맥주 한 병의 행복

bar OT cnx

마지막 밤이라 그런가. 숙소에서만 보내기가 괜히 아쉬웠다. 마침 숙소 바로 맞은편 30초 거리에 아담한 펍이 있어 가방 없이 노트랑 펜만 챙겨서 나왔다. 동남아 맥주로 유명한 Beerlao(비어라오)를 발견하고 어떤 맛일지 궁금해 한 병을 시켰다. 창 맥주처럼 단맛도 나면서 무겁지 않아 가볍게 먹기 딱이다. 이걸 이제야 마셔 보다니. 맥주를 좋아하지 않음에도 불구하고, 창 맥주를 처음 마셨을 때 완전히 내 취향이라 감탄하면서 마셨는데 그때보다 더 맛있게 느껴진다. 쭉쭉 들어가는 걸 보니 안 먹고 한국으로 돌아갔으면 서운할 뻔했다. 갑자기 조명을 다 끄더니 직원분이 돌아다니면서 테이블마다 작은 스탠드를 올려놓는다. 맥주에 취하고 분위기에 취하고. 맥주는 먹다 보면 금방 배가 불러 몇 모금 마시다 마는데 분위기 덕분인지 한 병을 다 비웠다. 조금 더 일찍 와볼걸. 떠나기 아쉬운 치앙마이에서의 마지막 밤이다.

Beerlao
FINEST INGREDIENTS

작별인사

라일라 요가에서의 마지막 수업. 이번 주 내내 로즈가 보이지 않아 마지막 인사도 못 하고 가나, 걱정했는데 다행히 마지막 수업을 로즈가 진행해 주었다. 수련 시작 전, 다치거나 불편한 곳은 없는지 묻는다. 아무도 손을 들지 않는다. 눈을 감고 잠시 들숨과 날숨에만 집중하는 시간을 가진다. 마지막으로 불편한 사람이 없는지 한 번 더 물어본다. 사람들의 시선을 의식해서 혹여나 손을 들지 못한 사람이 있을까 봐 한 번 더 물어봐 준 것. 사소한 말처럼 들릴 수 있지만 상대방에 대한 배려가 없으면 절대 할 수 없는, 로즈의 따뜻한 마음이 보인 순간이다. 14명이 함께 한 수련. 스튜디오 안이 에너지로 가득 찼다. 로즈도 느꼈는지 수업을 마치고 인스타 스토리에 이런 글을 올렸다.

"요가원이 Wonderful 한 에너지로 가득했어요. 함께해 주셔서 감사합니다."

수련을 마치고 옷을 갈아입으러 간 탈의실 문 옆 전신 거울에 흰색 마커로 문장 하나가 적혀 있다.

'Do you smile today?'

요가원의 주인장 로즈의 얼굴이 바로 떠올랐다. 항상 웃는 얼굴로 맞아 주었기에. 치앙마이에 와서 모든 게 어색할 때 가장 먼저 나를 따뜻하게 맞아 준 사람이라 오래 기억에 남을 것 같다. 따뜻하고 사랑스러운 미소로 긍정 에너지를 나누는 그녀처럼, 나도 주변 사람들에게 좋은 기운을 나눌 수 있는 사람이 되고 싶다. 오늘 수업을 마지막으로 이틀 뒤에 한국으로 돌아간다고 하니 꼭 다시 오라고, 또 볼 수 있으면 좋겠다고 말해준다. 그녀의 진심이 느껴져 나도 진심을 담아 늦지 않게 다시 오겠다고 이야기하며 마지막 인사를 나눴다.

"See you soon, Roz. Take care!"

CHIANGMAI
SKINART
Do you
Smile today?

To the right and... to the left!

와일드 로즈 요가

치앙마이를 떠나기 전, 두 번의 수업을 들으면서 인연이 된 Ta의 수업을 듣기 위해 요가원에 가는 중이다. 반대편에서 요가원의 주인장 Rose가 걸어온다. (라일라 요가의 주인장도 Roz, 와일드 로즈의 주인장도 Rose다.) 나를 알아봤는지 눈이 마주치자 'Happy New Year!'라고 인사해 주는 로즈. 백발의 허리까지 오는 긴 머리와 진한 화장에 처음엔 조금 무서웠는데 보면 볼수록 마음이 따뜻한 분인 것 같다. 1분 남짓한 거리의 요가원까지 같이 걸어가면서 2023년의 마지막 날을 어떻게 보냈는지 나눈 소소한 대화가 참 좋았다.

요가원에 도착하자마자 손발을 씻고 로즈가 뿌려주는 모기 기피제까지 온몸에 뿌리고 수련하는 공간으로 들어간다. 문 앞에 한 자리와 반대편 3자리 빼고는 10개의 매트가 이미 사람들로 꽉 찬 상태. 가까운 문 앞 요가 매트에 앉아 Ta와 새해 인사를 했다. 며칠 전, 인스타그램 스토리에 식중독에 걸려 병원에 입원까지 했다는 글이 올라왔었다. 걱정되는 마음에 안부를 물었고 다행히 지금은 많이 나아졌다고 한다.

"요즘 바빠서 쉴 시간이 없었는데 입원한 덕분에 푹 쉴 수 있어서 좋았어. 나에게 필요한 시간이었나 봐. 식중독에 걸렸지만 완벽한 연어를 먹었으니까 후회는 없어. 먹을만한 가치가 있는 음식이었어."

나였다면 상한 음식 탓을 하고 원망하기 바빴을 텐데. 저렇게 긍정적으로 생각할 수도 있구나. 그의 긍정 마인드에 감탄했다. 오늘은 1월 1일 새해 첫날인 만큼 특별히 2시간 동안 수련을 진행한다. 수련을 시작하기 전, 싱잉볼 명상으로 마음을 차분히 가라앉히고 1시간 넘게 상·하체를 이완하는 데 집중한다. 요가 동작을 가이드 할 때 Ta 특유의 리듬감 넘치는 말투가 있다. 깍지 낀 두 팔을 위로 올려 오른쪽 왼쪽으로 쭉쭉 뻗는 동작. 그리고 자동 재생되는 목소리.

“To the right and... to the left!”

수련을 마치고 숙소에서 챙겨온 마이쮸를 Ta에게 건넸다. 인스타그램 계정이 딸기와 팟타이일 정도로 딸기를 좋아한다는 말을 듣고 한국에서 챙겨온 ‘딸기 맛’ 마이쮸가 생각났다. 떠나기 전에 작은 선물을 주고 싶어서 딸기 맛 젤리를 가져왔다고 작은 봉투를 건네주니 너무 행복하게 웃으면서 안아준다. 제주도에 아는 친구가 있어서 올해 6월에 요가를 하러 한국에 갈 수도 있는데 가게 되면 꼭 연락하겠다고. 헤어지기 전 마지막으로 Ta가 해준 말이 있다.

“네가 인생의 New Chapter(새로운 시작)를 하는데 도와줄 수 있는 게 있다면 언제든 편하게 이야기해줘. 내가 도울 수 있는 게 있다면 도울게.”

마지막까지 따뜻한 응원과 사랑을 나눠준 Ta. 그와 인연이 될 수 있음에 감사한 마음 뿐이다.

Welcome
to WILD
ROSE YOGA
CARE
JOY
CONNECTION

여행을 마치며

에필로그

여행을 마치고 깨달은 10가지가 있다.

1. 애써 만나려고 노력하지 않아도 나와 결이 비슷한 사람이 자연스럽게 나타난다. 치앙마이에서 우연히 소중한 인연들을 만나며 든 생각이다. 조금만 어긋나도 평생 만나지 못할 인연이었기에 여기서의 모든 만남이 더 소중하고 의미 있게 다가온다. 어디를 갔는지보다는 누구와 함께했는지에 따라 여행지에서의 기억이 달라진다는 사실도. 만남과 경험을 통해 느끼는 감정과 생각, 깨달음이 나를 이전보다 더 나은 사람으로 만든다.

2. 마음을 표현하는 데 주저하지 말자. 그게 작은 것이라 하더라도 상대방에게는 결코 작게 다가오지 않을 테니. 사소한 팁, 고맙다는 말 한마디.

3. 웃는 얼굴만큼 상대방에게 좋은 기운과 밝은 에너지를 주는 건 없는 것 같다.

4. 기록의 중요성. 지나간 시간과 순간의 기억이 휘발되지 않도록 잡아둘 수 있으니 글, 사진, 영상 무엇으로든 남긴다. 영원한 건 없지만 기록하지 않으면 사라질 것들을 이렇게라도 잡아두면 다시 돌아볼 수 있다. 일상에 치여 어딘가로 도망가고 싶을 때, 기록들을 보며 잠시나마 그때로 돌아가 추억에 잠길 수 있기를 바란다.

5. 공간이 주는 인상과 전체적인 분위기는 눈에 보이지 않는 것들이 더 크게 작용한다. 흘러나오는 음악, 음악의 볼륨 세기, 공간을 가득 메우는 향, 직원의 친절함.

6. 한 도시에 길게 머물면 좋은 이유. 가본 곳 중에 좋았던 곳이 있으면 한 번 더 가볼 수 있고, 만난 사람 중에 감사함을 나누고 싶은 사람이 있으면 나눌 수 있다. 아쉬움을 남기지 않고 다 하고 갈 수 있다.

7. 치앙마이에 와서 생긴 꿈. 추운 겨울, 따뜻한 나라에 와서 살기. 그러려면 시간과 장소에 구애받지 않고 일할 수 있는 사람이 되어야 한다. 그냥 이렇게 욕심 없이 요가하고, 명상하고, 자연을 곁에 두며 살고 싶다. 1년 내내 따뜻한 날씨 덕분인지 사람들도 여유롭고, 친절하고, 물가도 저렴해서 좋아하는 과일도 마음껏 먹을 수 있고.

8. 요가는 나에게 사랑만 준다. 사람들과 함께 수련하면서 서로 주고받는 에너지, 매트 위에서 내 몸과 마음에만 집중하는 시간. 그 순간만큼은 자유롭게 숨쉴 수 있고 살아있음에 감사하다.

9. 인도, 발리, 치앙마이 같이 요가로 유명한 곳은 선생님들의 가이드가 남다르다. 동작이 아닌 지금 내 몸과 마음에 집중할 수 있도록 지도한다. 매트 위에서 잘하고 못하는 건 없으며, 내 몸이 할 수 있는 데까지만 하는 게 그게 가장 잘하는 거라고. 요가뿐만 아니라 인생도 그렇다는 생각이 든다. 인생에 정답은 없다. 나는 어떤 인생을 살아야 행복한 사람인지, 치열

하게 사유하고 깨달음을 얻어 나에게 맞는 길로 가면 된다.

10. 평소와는 다르게 여기서는 하고 싶은 것이 있으면 하고, 전하고 싶은 말이 있으면 했다. 여기까지 왔는데 다 하고 가야 후회가 남지 않을 것 같아서. 인생을 되돌아봤을 때 아쉬움과 후회 없는 인생을 살고 싶다.

*

치앙마이에 다녀와 기록을 정리하면서 든 생각이 있다. 여행 그 자체도 중요하지만, 여행을 하면서 어떤 생각과 감정을 느꼈는지 회고하는 시간을 갖는 게 여행만큼 중요하다는 것이다. 나를 되돌아보는 데 기록만 한 게 없다는 것도. 열심히 기록한 덕에 이번 여행을 오래 기억할 수 있게 되었다. 여행과 기록을 통해 나다움에 한 발짝 더 가까워진 사람이 되었길 바란다.

부록

치앙마이에서 마주친 순간들

@ The Booksmith Bookshop

나마스떼

치앙마이의 택시, 툭툭

Sunset Yoga at Kalm Village

책 그리고 쉼

노후는 이들처럼

@ Kalm Village Chiangmai

made from the heart

흰 커튼, 수북히 쌓인 책, 따스한 햇살

@ Mahasamut Library

WHEN YOU READ
YOU ARE READING
THE WRITER'S WORDS
BUT
WHEN YOU WRITE
YOU ARE READING
YOUR SOUL

NOTE A BOOK
CHIANG MAI THAILAND

write is a journey

by Note.

Note의 작업실

Yoga Breathing

8:00 AM

MICHELIN 2023

태국식 쌈, Thai Herb

란라오 서점

치앙마이대학 앙깨우 저수지

디지털 노마드 간접 체험

인생 첫 오렌지 에스프레소

길거리 복권

Rose Apple

내 사랑 싱하 탄산수

แผนไทยเพื่อ...สุขภาพ (THAI MASSAGE FOR HEAL
ดอยสะเก็ด-เชียงใหม่ (DOI SAKET GROUP CHIANGMA
MASSAGE / นวดเท้า BODY MASSAGE / นวดตัว
MASSAGE / นวดแขน HEAD MASSAGE / นวดศีรษะ
DER MASSAGE / นวดไหล่ BACK MASSAGE / นวดหลัง
80 ฿. FOR 1/2
150 ฿. FOR 1
UNDAY MARKET ON RA JADAMNOEN ROAD : TIME 12.00 AM.-11.00 PM.
Y MRS. TAVEE SAEHENG (อาจารย์ทวี แซ่เฮง Tel.089-8513195

eye contact

예술가 마을, 반캉왓

혼자 자고 있는 고양이 옆으로

친구가 왔다

첫 아침 풍경

친절한 직원과 무심한 고양이

현대 미술관은 화장실도 감각적이다

@ MAIIAM Contemporary Art Museum

에어로빅 단돈 750원

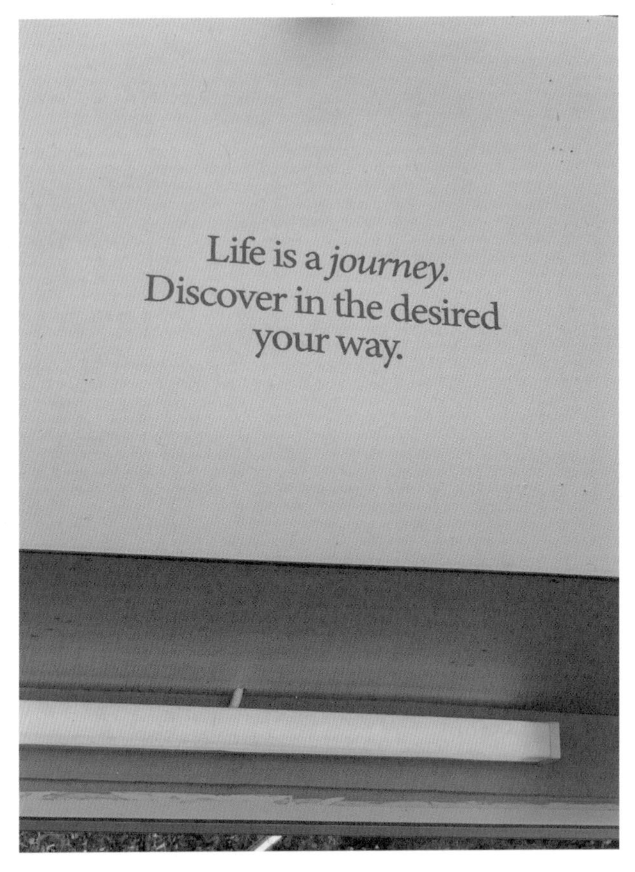

인생은 여행이다

Write is a journey.

@ Cafe Arte

퇴사 후, 치앙마이

초판 1쇄 발행 2024년 3월 12일
초판 4쇄 발행 2025년 1월 15일

글 · 사진 정현지
편집 · 디자인 정현지

이메일 hennyjung92@naver.com
인스타그램 @_mylifeismyown

ISBN 979-11-675652-0-4 02810